Régis

-

James OSMONT

Roman

Dans le ressac impétueux d'un attribut

qu'on nomme encore « folie » ;

aux nombreux « Régis »

que notre société, toute entière,

n'a su maintenir à flot.

I

Vendredi 13 novembre 2015.

Le vent s'était tu en cours d'après-midi.

Après le tumulte, ce jour sans clarté mourait de n'avoir jamais débuté. Des heures fantômes de la mi-novembre, dont la grisaille échevelée délave les âmes et détrempe les terres. Pourtant Régis adorait l'automne…

C'était un « enfant de l'automne ».

Pour la première fois depuis presque deux semaines, il était autorisé à sortir dans le parc. Il avait quitté l'isolement hier, et « fêtait » aujourd'hui son trente-deuxième anniversaire. Un bien grand mot… Déambulant dans le service discrètement, il vivait encore la plupart du temps à l'intérieur de lui-même, s'ouvrant difficilement aux stimuli et aux interactions. Il redevenait petit à petit un patient lambda.

Un être humain.

Pas juste un symptôme. Il se contenait à nouveau, remonté encore une fois des limbes de son psychisme. Jusqu'à la prochaine crise, le prochain enfermement dans la *« chambre noire »*…

Régis ne se souvenait pas bien de l'agression.

Bravant les éléments, il profitait donc de quelques minutes à l'extérieur. Il avait passé sur son pyjama finement rayé une parka issue d'un surplus militaire qui trompait l'œil de tâches olivâtres en à-plats bruns, virant du châtain au kaki dans un parfait rendu « camouflage ». Il s'était aussi emmitouflé dans de vieux pulls et des écharpes râpées, et avait vissé son bonnet fétiche sur un crâne précocement chauve. Sacrée dégaine…

Régis était accompagné de Sandrine, l'infirmière. Elle le connaissait bien, et savait que ce moment au-dehors valait plus d'un comprimé anxiolytique. Ancré dans la terre, à respirer le réel ; il s'assourdissait de silence, attentif aux moindres témoignages de vie dans cette campagne alentour qui s'éteignait doucement en glissant vers décembre. La tempête était passée, la terre avait retenu son souffle quelques heures, et l'humus de l'hiver approchant exhalait maintenant avec force… Régis prit une dernière inspiration, à pleins poumons. Puis il se retourna :

- « Dévoré »… Il est si amoché qu'ça ? questionna-t-il.

- Le Dr D'Arc a voulu que tu prennes conscience de ton acte. Il a un peu… « forcé l'trait » disons, risqua Sandrine.

Malgré lui, Régis sentit pointer de la déception.

- Merci d'avoir appuyé la levée d'isolement en tout cas…

- Bah, ce sera mon cadeau d'anniversaire, sourit Sandrine, avant de s'en vouloir pour la proximité qu'elle venait de laisser transparaître.

Elle commença à redescendre, sans un mot, vers le pavillon de l'Unité 5. Le temps imparti était écoulé, ils le savaient tous deux… Sur le chemin, Régis observait en contrebas le bâtiment couvert de mousses. Dans ce trou de verdure, nichée dans son cloaque, la bestiole de béton le jaugeait. Les vitres embuées de la façade étaient comme les yeux d'un étrange batracien. Membranes nictitantes, on aurait pu les croire aveugles. Mais ce voile-là, cette cataracte, s'effaçait d'un revers de main. Le repaire ovoïde, à la gueule perpétuellement verrouillée, allait encore le gober jusqu'à demain.

La prochaine promenade… si tout allait bien.

À 18h30, ce serait l'heure du dîner. Puis viendrait le traitement du soir, et la tisane à la mi-temps du match de football France-Allemagne… La vie était prévisible et donc sécurisante à l'hôpital psychiatrique. Mais parfois, la réalité du Monde les rattrapait. Même eux. Le bunker institutionnel, son hermétisme sensé calfeutrer, obturer les brèches mentales et les défauts de contenance ; lui aussi était faillible. La folie excluait, la psychiatrie sclérosait, désincarnait parfois. Pourtant, lorsque le cœur de l'Humanité s'emballait ou quand, saisi d'effroi, il manquait un de ses battements ; l'onde de choc se propageait partout. Même ici. Ce soir du 13 novembre 2015…

…cela allait être le cas.

II

Samedi 14 novembre 2015 - 0h16.

Pour sortir de la sidération collective.

Bien plus tard, quelqu'un avait coupé la télévision de la salle commune. Un patient avait mis un terme à la litanie macabre et complaisante des chaînes d'infos en continu. Dans un éclair de lucidité, il avait fait cesser la torture mentale qu'ils venaient tous de s'imposer pendant la soirée.

Il était plus de minuit, et Régis se couchait angoissé.

« Des dizaines de morts… chhhht… Un acte arbitraire… chhhht… Des innocents pris pour cibles… chhhht… Des ennemis de l'intérieur… chhhht… Au nom de Dieu… chhhht… »

Les mots, les clichés, les sentences envahissaient déjà son esprit. Pareils au ruisseau qui ondoie, paisible à la fin de l'été, puis qui enfle aux jours déclinants, rampe insidieusement hors de son lit, et inonde finalement les terres, les pâtures, les futaies, après des mois de répit… Le cycle immuable des saisons était bien plus imprévisible dans le cerveau de Régis. En lui, la crue ne fertilisait pas, elle ravinait, elle décapait, laissant derrière elle ses limons stériles.

Bien qu'il ait toujours été coopérant et régulier dans la prise de ses traitements (on disait « observant »), Régis entretenait un rapport plein d'ambivalence avec ce qui lui tenait lieu de foyer, de grotte, de terrier : l'hôpital. Pas une prison. Il avait suivi de très loin la judiciarisation de son cas, jugé trop instable pour se rendre notamment à l'audience au tribunal. Il ne se considérait pas vraiment comme un « malade médico-légal »… Pas un asile protecteur. On ne rêve pas perpétuellement d'en sortir lorsque l'on trouve refuge. Et surtout, on y reste de plein gré !… Un centre de rétention alors ? Oui, en quelque sorte, parqué ici, loin des villes, entre les doigts crochus des branchages, la chevelure capricieuse des ramées épaisses. Empêché dans sa quête d'un avenir meilleur, Régis semblait attendre un laisser-passer, tel un Sisyphe sur une vaine montagne : une migration immobile. Il enviait parfois ces réfugiés du Moyen-Orient qu'il suivait avec un intérêt viscéral dans des reportages télévisés. Eux s'expatriaient par familles, par villages entiers, par milliers, où que ce soit. Quitte à mourir par poignées, à s'entasser par grappes, à payer ce prix pour que d'autres survivent : un sacrifice nécessaire, une amputation volontaire dans un organisme global. Pas de simples individus, un peuple, une diaspora fondamentalement humaine qui « parlait » à Régis…

« Un terrible bilan… chhhht… Encore provisoire… chhhht… On retrouve notre envoyé spécial sur place… chhhht… Mes chers compatriotes… chhhht… C'est une horreur… chhhht… »

Oppression.

Le grésillement de l'écran persistait dans son crâne. Le présentateur, tel un gourou hypnotique, poursuivait ses psalmodies… *« Des voix ? »* Non. Mais elles reviendraient. Et « ça » recommencerait s'il n'y prenait garde : *« Ces voix de malheur ! »*

Contrôle.

Le besoin de décharger, d'exploser s'imposerait à nouveau. Bon sang, quelle pénitence ! Ces musiques, ces chansons, ces paroles : elles le lui disaient. Il s'en était cru libéré pourtant ; elles ne le hantaient plus quand il était « là-bas »…

Perpétuité.

Il devait admettre sa faute, accepter l'incurable, atteindre le bout de l'impasse. Existence bouffonne, menace risible, réaction coupable ; il était « passé à l'acte ». Sa peine s'exécuterait quoiqu'il en coûte. Grandiose ou pitoyable, avec les honneurs ou les huées en fond sonore. Et la mélodie entêtante qui le torturerait à jamais :

« Pardonnez-moi mon Père, car j'ai pêché.

Sans réponse, abandonné.

Sans réponse, abandonné. »[1]

Il étouffa un hurlement, puis deux, et plusieurs autres encore dans son oreiller indéchirable. Il crispa sa cage thoracique, banda ses muscles, cambrant son corps comme un damné, verrouillant ses mâchoires jusqu'à ce que la douleur physique conjure la crise. Il repensa à la *« chambre noire »* : surtout ne pas être entendu. Ne pas y retourner. Après quelques minutes, malgré les crampes, il se sentit un peu moins mal. L'oreiller en avait vu d'autres… Maudit confident de ses nuits fiévreuses. Il avait appris à gérer tant bien que mal certaines crises d'angoisse, à faire fuir pour un moment les obsessions qui s'imposaient parfois, qui l'engloutissaient, et l'enivraient jusqu'à l'extrême limite. Trempé de sueur, il eut soudain très froid sous sa couverture couleur rouille élimée jusqu'à la corde. Chauffage en panne.

- Putain d'hosto ! souffla-t-il, épuisé.

Putain de vendredi 13…

---

[1] *« Forgive me, my father for I am a sinner. Unanswered, abandoned. Unanswered, abandoned. »* - Defeater, « Contrition ».

III

Samedi 14 novembre 2015 - 15h42.

Huit ans plus tôt, un autre samedi, il s'en était pris aux « *Autres* ».

Chaque année, la période de son anniversaire était un moment dangereux. « *Scorpion du deuxième décan : vous êtes gouverné par le Soleil et la planète Mars, ce qui vous rend parfois confus et incohérent : tantôt discret, tantôt fier de vous.* » C'était une assez bonne définition de lui-même. Le livre d'astrologie était sans équivoque pensait-il. Dès qu'il le pouvait, Régis l'empruntait, parmi d'autres - numérologie, histoire antique, théologie, etc - à la bibliothèque de l'hôpital.

C'était un littéraire.

Il adorait les mots, leurs mélodies, leurs couleurs, leurs associations. Les mots généraient des images mentales, des voyages. Mais parfois, selon son degré d'anxiété, les mots faisaient aussi naître des monstres et des fantômes. Les signifiants prenaient alors le pas, et les mécanismes délirants, les intuitions, les sensations, l'emportaient sur la logique. La rêverie, l'errance, se faisaient onirisme, confusion mentale ; conduisant Régis plus ou moins près de l'abîme.

Vingt ans qu'il vivait au bord de ce gouffre.

Première consultation avec un « psy » début 1995. Première hospitalisation en pédopsychiatrie en 1997. Chez les adultes en 1999. Seize ans qu'il enchaînait les rechutes et les séjours à l'hôpital. De temps en temps d'abord, puis à une fréquence plus élevée. Jusqu'à l'instabilité totale. Douze ans depuis la première vraie crise majeure, une « bouffée délirante » en 2003. Placé sous le statut d'« hospitalisé d'office » depuis 2007, année de son plus grand « fait d'armes ». Quant à sa dernière sortie d'essai, elle remontait déjà à six ans… Quatre ans qu'il avait le Dr D'Arc pour référent médical. Et, accessoirement, deux années qu'il ne bandait plus du tout… Foutus médocs ! La vie, même la plus piteuse, était parfois réglée comme du papier à musique…

Il avait désormais trente-deux ans, depuis la veille, jour des pires attentats qu'ait jamais connus la France. Était-ce un signe ? Une superstition ? Y était-il pour quelque chose ? Était-il concerné, responsable ou témoin désigné ? Élu, missionné ? Cela avait déjà été le cas, n'est-ce pas ?…

« Djihad »

Ce joli mot qui incitait à l'effort et à la lutte, à la résistance contre l'ego en premier lieu, face au mal et à l'hypocrisie. Qu'en avaient-ils fait ces fous ? *« Une plaie ! »* Une plaie de l'épée uniquement, quand le Livre Saint en dictait trois autres, le djihad du cœur, de la main et de la langue… *« Traîtres ! Il est là l'unique blasphème ! »* Régis sentait monter la tension en lui. Il chassa ces idées, leur opposa un puissant barrage mental.

Il en était capable. Il allait mieux.

À travers le prisme de ses interprétations, par-delà les vitres sécurisées des chambres de surveillance, au gré des faux espoirs que suscitaient ses fragiles stabilisations ; Régis venait de passer la moitié de sa vie à apprivoiser la réalité… Une question qui ne se posait même pas pour le commun des mortels. Mais pour lui, un enjeu fondamental. Les neuroleptiques, son fil d'Ariane, étaient sa ligne de vie, sa corde raide aussi…

La nuit dernière avait finalement pris fin. Un comprimé somnifère prescrit « si besoin » s'en était chargé : inutile ainsi de réveiller le médecin dans sa chambre de garde. Un entretien aurait été bénéfique certes, mais il aurait alors eu à se livrer, à parler des récents événements par exemple. Inquiéter était risqué. *« Pas entendu, pas pris »* : ça arrangeait tout le monde.

***

« Équilibre.

Je suis en train de te perdre,

et le sol sous mes pieds disparaît.

Tu es comme une allumette

qu'on ne pourrait craquer.

Puisses-tu faire naître une flamme,

et brûler à l'infini. » [2]

Il se savait en équilibre précaire.

Sorti d'isolement, visiblement stable, Régis avait rapidement retrouvé son lecteur MP3. Il ne s'en séparait qu'à contre-cœur, aux heures fixées par « qui de droit ». Il avait appris depuis longtemps qu'à l'hôpital, on n'obtenait certaines faveurs qu'en étant docile et en évitant toute revendication. La musique de Régis n'était ainsi plus un sujet de débat. Il conservait dans son petit objet en plastique des dizaines d'albums, des centaines de chansons, toujours et uniquement savourées en mode aléatoire. La lecture discontinue et le désordre apparent selon lui, pouvaient être porteurs d'une signification cachée… Mine de rien, les textes et les assauts hurlants reflétaient bien souvent son état d'esprit du moment.

« Ça ne peut pas être qu'un hasard… »

---

[2] *« Balance. I'm losing it and the ground beneath does not exist. You're a match that can't be lit. Spark a flame, burn infinite. »* - Title Fight, « Symmetry ».

Des milliers d'instants contrastés, variant de silences en crescendos. Du « prêt à écouter » et du « prêt à ressentir » aussi. Car Régis avait le plus grand mal à ressentir, à vivre des émotions, à jouir de cette modulation interne qui faisait de vous un être vivant, au-delà de la simple tuyauterie respiratoire, cardiaque etc.

Régis ne se sentait pas toujours vivant.

Plutôt une entité sans consistance, une *« âme grise »* aurait dit Philippe Claudel, partagée entre bien, mal, et plus encore. Scindée, schizophrène. Une personnalité labile, en pointillés, qui s'effaçait à la première giboulée anxieuse, et qu'il peinait chaque fois à réécrire sur le tableau noir de l'existence. Les angoisses étaient fortes chez lui, les préoccupations corporelles, les hallucinations, l'impression que quelque chose le pénétrait parfois, s'introduisait, s'imposait. Une bête fouisseuse, un spectre malin, ou la simple volonté d'un savant persécuteur qu'il ne pouvait pas encore désigner…

Mais ça viendrait, il le traquerait !

C'était une drogue pour lui, ce petit appareil était son passeport pour « l'ailleurs », une manière de se sentir moins mort, et donc sa raison de vivre. Les écouteurs vissés dans ce qu'il lui restait d'oreilles faisaient office d'écoutilles. Le flot pouvait alors se déverser sans crainte, occuper le terrain, remplir le vide. Les basses le faisaient vibrer, le rythme effréné mettait en marche un intérieur devenu étanche, et qu'il pensait sinon englué dans la maladie. Des *« affects émoussés »,* disait le docteur D'Arc. Mais il y avait parfois un prix à payer. Aiguiser ce qui est émoussé, revient parfois à forger une arme. Et celle-là s'était plus d'une fois retournée contre lui. Ressentir c'est se mettre en péril. Et deux semaines auparavant, le « jour des morts », Régis avait ressenti…

…de la colère.

IV

Dimanche 1er novembre 2015.
(2 semaines plus tôt)

Depuis quelques temps déjà, il allait moins bien.

Sans cause précise, il s'était renfermé, à la manière d'un organe vital en péril qui concentre l'afflux sanguin au détriment de la périphérie du corps. L'environnement devenait secondaire. Lui plus soucieux, méfiant. Son psychisme indocile, hyper-vigilant. Il dormait peu…

…comme « parasité ».

Le service tournait au ralenti en ce jour de Toussaint. Effectif minimal. L'avant-veille, juste à temps pour préparer une mauvaise blague d'Halloween, le *Prédateur* avait été réadmis dans le service : demande de sevrage aux toxiques cette fois. D'abord le sevrage physique en psychiatrie adulte, puis une date d'admission en cure serait soi-disant convenue en addictologie…

Mais Régis le connaissait.

Il savait ce qu'il était. Il avait même toujours eu une impression étrange à son sujet, comme un lien refoulé, un déjà-vu intime. Au fil des années, il l'avait observé, entrant et sortant d'hospitalisation, sans résultat, sans progrès, transgressant les contrats de soin de manière suffisamment fine pour ne pas susciter le rejet des équipes.

C'était un animal, une infection opportuniste.

Il savait faire le mort, attirer la sympathie ou la pitié. Le *Prédateur* avait cet instinct, cette faculté de repérer au premier coup d’œil les patients et les médecins influençables, d'attirer les femmes en mal d'affection, de fédérer en un jour les lâches en mal de valorisation…

Régis n'était pas une de ces proies faciles…

***

C'était survenu sans prévenir.

En ce milieu d'après-midi, après la sieste habituelle, Régis écoutait de la musique dans le fumoir.

Il était très concentré sur les paroles. Il ne s'en était jamais ouvert à personne. C'était son secret le mieux gardé… *« Ce que l'on possède finit parfois par vous posséder.* » Démuni parmi les démunis, Régis n'avait rien à lui, même pas sa tête.

Mais la musique oui, parfois, le possédait.

Depuis quelques temps, comme à chaque fois qu'il perdait le contrôle, il se sentait davantage traversé par le son, plus concerné, habité par une puissance supérieure.

« La vie te promet davantage

que ce petit garçon dans le miroir.

Réveille-toi, réveille-toi, réveille-toi.

Des profondeurs de cet Enfer :

où les libres sont esclaves,

où l'on ne distingue plus lâcheté et bravoure ;

l'amour et la haine ne font maintenant plus qu'un. »[3]

Il se sentait chamboulé, tendu.

Si c'était ça l'autre côté du miroir, autant le faire voler en éclats ! Et ce salaud de *Prédateur* qui l'observait depuis un moment déjà, sur le banc d'en face. Régis le

---

[3] *« There's more to life than the boy in that mirror. Wake up, wake up, wake up. From the depths of this hell : where the free are slaves, no difference between the cowards and brave. Where our love and hate have become the same. »* - Have Heart, « The same sun ».

sentait. Sans un regard, il le savait. Il lorgnait forcément sur son MP3 ou peut-être son paquet de cigarettes. Il allait une nouvelle fois tenter de l'intimider, c'était imminent. Il le faisait avec tout le monde, à coup sûr il allait user de ses mots…

…de sa langue de serpent.

Pour une oreillette partagée, pour une ou deux cigarettes, il lui proposerait d'abord une combine, le prendrait pour un attardé, lui parlerait tout près, postillonnant sa salive, remuant sa langue, sa méprisable langue de menteur. Il lui créerait du tort, ferait marrer les autres à ses dépens, attirant ceux qui s'étaient naturellement rangés de son côté en à peine quarante-huit heures : sa meute.

C'était dans l'ordre des choses.

Le morceau « The same sun » avait pris fin, mais le silence ne s'était pas fait dans les écouteurs. Un ciel d'orage s'était formé, menaçant. Régis en était sûr. Il pouvait maintenant les entendre clairement. Tous. Susurrer, bavasser, persifler. Tous. Putain de becs, museaux, suçoirs ! Ce n'était pas dans sa tête. Putain de langues ! Il allait la lui arracher, comme à l'*Autre* il y a longtemps… Puis il avait senti ses yeux et son discernement se voiler de rouge…

…et il avait bondi pour tuer.

V

(suite.)

Une transe absolue avait suivi.

Régis avait traversé les premiers jours d'isolement tantôt sédaté, tantôt ivre de traitements, dans une représentation partielle et ouatée de ce qui l'entourait. Il s'était réveillé parfois, étrangement euphorique. Délirant. « *Oui !* » Il avait tué la bête, il lui avait fait payer, il était à nouveau « le Roi », le prophète, le justicier pythien…

Il était retombé ensuite dans un cauchemar peuplé de goules moqueuses et de harpies ricanantes. Il avait revu par bribes l'intervention des infirmiers, les alarmes de sécurité lointaines, en sourdine, les cris muets des patients… Et la voix de Sandrine, plus claire, plus audible, qui lui disait de desserrer ses mâchoires. Ainsi donc, pour la première fois depuis des années...

…il avait regoûté au sang.

Le médicament d’urgence avait agi. Certes, l'administration de *Midazolam* intranasal n'était pas la panacée. Les amnésies qu'occasionnait cette molécule au réveil n'arrangeaient rien « en post-crise ». Mais dans les moments d’agitations psychomotrices majeures, la prise d'un traitement oral était rendue impossible. Et chez Régis, la contre-indication était formelle : pas de piqûres de calmants, injections intramusculaires impossibles. Entre autres tares, il avait en effet hérité d’une « thrombophilie par mutation du facteur V ». Une pathologie génétique héréditaire qui l'obligerait à prendre des anti-coagulants toute sa vie pour fluidifier son sang… Il restait donc peu de solutions : le *taser* et le fusil anesthésiant étaient interdits, encore heureux. La voie rectale était peu envisageable. On maintenait donc son visage comme on le pouvait, pour que le *Midazolam* fasse son œuvre en quelques minutes seulement.

Le cauchemar avait pris fin au bout de trois jours.

Le 4 novembre, en milieu de journée, Régis s'était réveillé dans le pire endroit sur Terre. Était-il de retour chez *eux* ? Sans défense, cloîtré dans le cagibi ? Dans l'attente du prochain châtiment ? Soumis au bon vouloir des *Autres* ? *« Plutôt mourir ! »*… Ici aussi, aucune horloge, aucun repère. Pas de fenêtre sur l'extérieur, sinon cette lucarne, barrée semblait-il par les fanons d'un cétacé inquiétant… Puis il avait reconnu l'ouverture donnant sur le poste de soins et son store en plastique blanc. La chambre de surveillance.

La *« chambre noire »*.

De sombres murs, un seau et la solitude : il y était resté encore une semaine. Sept longs jours et huit longues nuits supplémentaires, pour s'assurer qu'il avait repris ses esprits, que le vécu de persécution s'était amendé, qu'il ne représentait plus un danger. Au moins pour autrui… Car plus d'une fois Régis avait cherché un moyen de se faire du mal. Pas d'oreiller à plaquer sur sa tête, dans lequel s'étouffer, ou du moins hurler sa frustration, son incapacité à faire taire les hallucinations. Pas de draps pour s'étrangler au paroxysme des crises. La couverture de force ne se nouait pas, la combinaison en papier n'était pas une option.

Trois fois par jour, il avait reçu la visite d'infirmiers inconnus, aussi patibulaires que sur leurs gardes. L'intervention de soignants hommes était une prescription médicale. Entre deux gorgées infectes dans le gobelet qu'on lui tendait à bout de bras, il avait voulu leur dire que ça le faisait bien rire, qu'il s'en foutait de leurs mesures de sécurité, qu'il n'avait plus rien à perdre ! Ou plutôt si : ces voix ! Ces atroces voix qu'on l'obligeait à garder en tête. On pouvait tout lui enlever, son énergie, son agressivité, son érection ; mais on voulait lui faire croire que ces voix, il devait continuer à les subir ? *« Non, impossible. »* C'était un grand complot, un maelström mental, un bordel orchestré par un ennemi dans l'ombre !

Il avait voulu le leur crier à trois centimètres du visage. Mais il n'avait pu ni se mouvoir jusque-là, ni articuler suffisamment pour se faire comprendre. C'était mieux ainsi. Il avait tout gardé pour lui, n'avait agressé aucun personnel et avait pu sortir juste avant le jour de ses trente-deux ans…

…et le carnage à Paris.

VI

(suite.)

Régis avait eu droit à une remontée de bretelles.

Après la levée de la période d'isolement, le 12 novembre, Le Dr Philippe D'arc lui avait évidemment fait comprendre qu'il n'avait pas du tout apprécié ses récents excès. C'était un homme sec et droit, « raide comme la justice ». Une justice qu'il dispensait pourtant avec une clairvoyance toute relative. Des priorités, des ambitions et des considérations politiques que n'importe qui, même le dernier des psychotiques, aurait pu percevoir. Régis ne s'était jamais senti entendu par ce médecin.

Pour autant, il devait reconnaître que le traitement qu'il lui prescrivait l'aidait à surnager. Oh pas de risque zéro, bien sûr : l'étrangeté qui l'habitait depuis toutes ces années ne s'effacerait sans doute jamais. Ce sentiment d'être au centre d'une grande œuvre globale, cette pathologie du « concernement ». La télévision, le moindre événement, la moindre prémonition, cette phase pré-délirante qui affleurait si facilement dans son psychisme ; tout cela ne pouvait être que stabilisé, au mieux. Par contre, les angoisses et les hallucinations avaient bien régressé. Mais restait cette crainte, cette peur enfantine, cette anticipation mortifère à tout instant :

« Et si ça revenait ?… »

- Comment vous sentez-vous Régis ? avait demandé le Dr D'Arc, sévère derrière son bureau décoré chichement : un endroit manifestement investi à la mesure du temps qu'il consacrait à la vérité de terrain, au quotidien du service.

- Vide.

- Hum… par définition… Pour info, il est sorti en fin de semaine dernière de l'hôpital. Vous savez que vous lui avez presque arraché l'intégralité de la lèvre inférieure ?

Sandrine, assise à côté du chef de service, avait tiqué, se raidissant sur sa chaise. Puis elle s'était ravisée, et avait continué à faire mine de prendre des notes.

- Non. Je voulais juste qu'il se taise. Qu'ils se taisent tous… Comme les *Autres*… Je voulais lui arracher la langue…

Après un silence glaçant, Régis avait ajouté :

- Je suis désolé.

- J'espère bien que vous l'êtes ! avait tonné le médecin. Puis se reprenant :

- Il n'en a pas manifesté l'intention pendant qu'il se faisait soigner, donc a priori, il ne portera pas plainte…

- Il se moquait de moi, il se moquait de tout le monde ici, y compris de vous Docteur. Il volait les gens, profiteur, il voulait mes clopes !

- Vous l'avez donc à moitié « dévoré » pour une cigarette ? avait ironisé le médecin, acide.

À cet instant, Régis avait été tenté de revendiquer son intention mortelle, de dire qu'il en voulait à la vie de ce *Prédateur*, qu'il ne regrettait pas son geste. Là encore il était parvenu à entrevoir son intérêt et avait fait profil bas.

- C'est à cause des voix… avait-il dit tout bas, se gardant bien de mentionner sa musique.

- Je sais Régis. Vous devez me dire si vous avez d'une manière ou d'une autre cessé de prendre le traitement ou fait semblant…

- Jamais ! avait interrompu le patient.

- Je sais que les rechutes sont pénibles. Mais je ne peux pas tolérer une quelconque mise en danger des patients… ni de mon personnel.

Se tournant vers Sandrine avec l'approbation paternaliste qui le caractérisait, le Dr D'Arc avait alors cherché le soutien et, sans doute, la plus grande capacité d'empathie de son infirmière.

- Tu sais qu'on est là Régis, avait-elle enchaîné. On voyait bien que ça n'allait pas depuis un moment. Pourquoi tu n'es pas venu plus tôt nous parler, de tes angoisses, de la pression en toi ?

Régis n'avait rien trouvé à répondre. Parfois le silence était préférable. Aurait-il fallu qu'il se confie pleinement ? Qu'il admette là, tout de suite, qu'il les avait crus tous dans le même sac, tous complices ? Ça ne marchait pas comme ça à l'hôpital : la punition y passait parfois pour de la sollicitude. Il avait donc laissé le médecin-chef rappeler le *« cadre »*, cette sainte notion sensée avoir valeur de contrat. Une aberration dans sa situation de patient soigné sous la contrainte ; bien que Régis n'ait jamais contesté le bien-fondé de la mesure administrative…

Puis il s'était vu réintégré à la vie du service, réadmis dans sa chambre seule classique, la numéro 8, repas en salle commune, maintien de la *« tenue hospitalière »*, et promenade possible dès le lendemain, mais accompagné dans un premier temps.

- Dix minutes, pas plus… De toute façon avec les cordes qu'il tombe depuis hier… Bonjour le jour férié, hein ?!…

…N'est-ce pas Sandrine ?

VII

Dimanche 15 novembre 2015.

- Quel gros con ! jura-t-elle entre deux foulées.

Depuis jeudi Sandrine rouspétait intérieurement. Cette manière inconséquente dont le Dr D'Arc avait géré le cas Régis !… *« Courage, fuyons ! »*, *« Surtout pas de vague »*, toujours le même mot d'ordre *! « Hein, n'est-ce pas Sandrine ? »*.

- Je t'en foutrais du jour férié moi !…

Son rythme cardiaque s'élevait. Le sentier suivait la même courbe entre les sycomores incandescents. Le début d'automne avait été clément, laissant la nature se parer de ses plus belles couleurs. Ces derniers jours par contre, il fallait choisir ses fenêtres météo. Les coups de vent d'ouest entamaient leur défilé annuel.

Sandrine elle, avait décidé de se reprendre en main. Les bonnes intentions de la rentrée avaient toujours eu cette vertu, galvanisant sa volonté… S'infliger pareille souffrance pour de si maigres résultats, était-ce d'ailleurs bien une question de volonté ?… Cet espèce de mannequin blond qui venait d'arriver dans le service…

- De jalousie oui ! Admets-le !

Ils étaient où ses 20 ans à elle ? Certains jours elle maudissait sa gourmandise, son besoin de « compensation » :

- Quelle vie de merde !

D'autres jours elle se disait volontiers victime. Des media et de la publicité notamment. Les mêmes qui vantaient les régimes les plus farfelus, l'image culpabilisante de la femme svelte, performante et libérée, faisaient l'instant d'après la promotion des pires saloperies !… Mais c'était tellement pathétique de se voiler la face derrière les paravents du marketing.

- T'es un sacré cliché ambulant ma pauvre fille, se dit-elle.

Sa grossesse précoce par contre, subie plus que désirée à dix-neuf ans, avait non seulement dicté la suite de sa vie, mais laissé aussi, plus de vingt-cinq ans après, pas mal de kilos superflus. Un dose de regret pour chaque once d'adipocytes. Des années à faire le yo-yo sur son pèse-personne… *« Mais ça en fait plus à aimer !* » l'avait vannée son dernier mec. Encore un tocard d'un soir, ramassé moitié par ivresse, moitié par pitié.

Restait à savoir qui faisait vraiment pitié…

Sa vie affective était en lambeaux depuis des années, aucune stabilité. Elle avait élevé son enfant seule, se privant de tout ce dont une jeune femme pouvait profiter. Aujourd'hui elle n'était ni en bons ni en mauvais termes avec sa fille… En études à l'étranger, indépendante, elle vivait sa vie, ne rentrait jamais, donnait de moins en moins de nouvelles, sinon des platitudes. Elle engueulait même sa mère quand celle-ci venait à se montrer un peu insistante :

- Mais merde, comme n'importe quelle mère ! avait-elle opposé plus d'une fois.

Comme n'importe quel être trop seul surtout ! C'était ça la réalité.

Restait le boulot. Pour nourrir sa fille, il avait bien fallu travailler. Sandrine avait repris rapidement ses études et décroché haut la main son diplôme d'infirmière de secteur psychiatrique en 1991. L'année de l'accident de voiture de ses parents… Tués sur le coup les deux cathos qui lui avait tourné le dos ! Mais cette pensée continuait pourtant de lui geler le cœur.

Son travail n'avait rien d'alimentaire. Ce cliché-là, elle l'assumait parfaitement : c'était une « vocation ». Après plusieurs années à enchaîner les contrats d'intérim ou des remplacements dans des cliniques bourgeoises remplies d'« hystéros » plaintives ; elle avait intégré l'Établissement Public de Santé Mentale en 1996, puis obtenu un poste de titulaire de la fonction publique fin 1999. Un mois avant la première hospitalisation de Régis, elle débutait à l'Unité 5. Il avait été admis alors pour un état dépressif carabiné : idées suicidaires, repli profond, attitudes régressives type « pipi au lit »… Trop grands pour « les petits », mais très exposés chez « les grands » ; les patients entre seize et dix-huit ans étaient pourtant pris en charge en service adulte. Ils faisaient l'objet d'une surveillance particulière, sécuritaire. Question de responsabilité. La gravité des pathologies ne justifiait que rarement la mesure d'isolement pour les mineurs, mais pour les *« protéger des autres patients »*, l'institution générait parfois des abus.

Quoi qu'il en soit, Sandrine avait tout de suite vu en Régis un patient « différent ». Même les possibilités thérapeutiques n'étaient pas classiques dans son cas, avec ses problèmes de coagulation. Peut-être était-il le plus malade dont elle ait jamais eu à s'occuper. Le plus « atteint » parce que le plus handicapé, au regard de ses capacités intrinsèques. En effet, au-delà des apparences, et malgré son année de retard, Régis avait été un jeune garçon brillant. Jusqu'à vingt ans, alors étudiant en Lettres, il avait même conservé un semblant de scolarité normale. Jusqu'à sa première bouffée délirante aiguë.

La maladie avait ses frontières à sens unique, ses digues bien trop submersibles.

À l'élation, à l'exaltation des sens, voire à l'humeur maniaque, aux convictions messianiques, à la mégalomanie, avaient succédé l'effondrement, la prostration coupable, des ruminations peccamineuses, puis sa première vraie tentative de suicide. Régis avait voulu poignardé le « Roi Régis ». Il n'était finalement pas mort ce jour-là, mais le « Régis d'avant » lui, ne reparaîtrait jamais. Quatre ans de flottement étaient passés ensuite, jusqu'en 2007, entre rechutes et suivis chaotiques. Puis, à vingt-quatre ans donc, la psychose, dans un retour de flamme ravageur, avait condamné son avenir…

…et emporté la vie de plusieurs personnes.

VIII

Samedi 17 novembre 2007.
(8 ans plus tôt)

Sur ses gardes...

Il s'était blotti tout contre la porte. Une loggia glaciale, striée de persiennes en béton entre lesquelles il contemplait la Lune, pendant des heures parfois. Ils l'enfermaient là quand ils partaient.

« T'avise pas d'faire chier ! »

Plus tôt, il les avait entendus rentrer. Gueulant, éructant. Des porcs. Une éternité s'était écoulée. La nuit avait depuis longtemps éteint ce samedi de novembre.

« Regarde-toi pleurnicher, c'est bien c'que tu fais d'mieux… »

Il avait cogné pourtant, bien que ce fût inutile. Tonner, rugir ; une nouvelle fois hurler son impuissance. D'ordinaire cela le laissait vidé, éteint… et rendu à son sort finalement. Mais la fureur, cette fois, ne s'était pas tarie.

« Mais s'coue-toi !… Ou pisse-toi d'ssus alors ! Qu'on rigole… »

Tchak ! Le son du couteau qui s'abat. Tchak ! Cette lame qui avait déjà lacéré le bois de la table en milliers d'entailles. Tchak ! Ce bruit avait rythmé tant des heures dans le cagibi. Tchak ! Comme on fend la carcasse d'un gibier crevé…

« Ah tu voudrais m'en foutre une là, hein ? T'as la haine… Haha ! »

Après d'interminables libations ce soir-là, ils s'étaient tous couchés… dans leur lit ou sur à même le carrelage. Les bruits avaient cessé, les éclats de voix aussi. Toutes ces moqueries.

« C'est comme ça qu'tu nous r'mercies crevure ? »

Pourtant il pouvait encore les entendre. Ils le hantaient, ils l'opprimaient. Là, dans sa tête. Depuis longtemps, il ne contestait plus leur opinion à son égard. Dans le fond, il ne pensait pas mieux de lui-même.

« T'en serais même pas capable, pauv' loque… »

Mais c'était la fois de trop. Affamé, il allait encore passer une nuit là, oublié. Ces enfoirés ne lui avaient pas ouvert la porte, trop occupés à vider verre après verre.

« Le Roi, tu dis ? Des dégénérés, ouais ! »

Depuis si longtemps tapi au fond de lui, le magma de la révolte s'apprêtait maintenant à entrer en éruption. Plus que de la rébellion, c'était une question de survie.

« T'es rien, t'es vide ! Rien dans la tête, rien dans les couilles ! »

Il était à leur merci, de longue date sous leur joug. Mais voilà que depuis ses vingt-quatre ans, ils s'étaient mis à critiquer, à commander même, et sans doute à lui voler ce qu'il avait de plus précieux : ses pensées.

« Tu devrais te tuer, nous épargner ta vue… »

Il en était sûr à présent : ses pensées ne lui appartenaient plus. C'était ça la cause de tout, depuis tout ce temps. Il s'en serait arraché les oreilles si cela avait été utile. Mais à quoi bon ? On le lui imposait de l'intérieur.

« On aura ta peau d'toute façon… Mais tu vas morfler longtemps ! »

Ces gens ne pouvaient pas l'avoir enfanté. Elle, qu'il ne nommait plus jamais « maman ». Eux, ces diables, ils ne pouvaient pas être sa famille. Ils n'avaient plus de prénoms à présent. Ils étaient des *Autres*. Et il les ferait taire. Il n'aurait plus peur. Peu importe comment, c'étaient eux qui créaient « ça » dans son esprit. Ils s'étaient crus intouchables. Avec leurs langues. Leurs langues infernales et bien pendues…

« Mais vas-y alors ! Défonce-la cette porte ! »

La suite avait dépassé l'entendement…

***

Affalé sur l'évier, ivre mort, le père n'eut aucune réaction aux coups sur la porte, ni au chambranle que Régis fit craquer ou aux gonds qui sautèrent. Cet homme faible, vermine agressive aux mœurs déviantes, il le saisit par la veste sans ménagement. Mordue avec rage, la carotide émit une longue giclée chaude qui repeignit la cuisine.

Le *« voile rouge »* tomba alors sur les yeux et la raison de Régis. À l'étage, tous aussi imbibés, aucun des trois *Autres* ne s'était alarmé du boucan. Papa avait encore dû s'étaler après avoir dégueulé… Régis fondit dans la tanière de son frère cadet, le grand abruti, le galeux, le sans cerveau. Mis à bas de son lit, il lui fit éclater la tête sur le sol, encore et encore, jusqu'à fendre la gangue, et faire sortir le jus de ce fruit trop mûr.

Le benjamin de la famille s'était levé. Cette fouine, à peine majeure, était déjà un pervers en puissance. Personne ne s'étonnait plus des coups de gueule ni des coups de boule ici, mais quelque chose de différent cette fois l'avait alarmé, le sortant de son marasme ébrieux. Au milieu du couloir, en face à face dans la pénombre, Régis ne le laissa pas parler, utiliser sa sale langue. Il avait emporté avec lui le couteau paternel, et fit pleuvoir les coups. La lame effilée s'abattit des dizaines de fois. Tchak ! Dans la garniture gargouillante de cette peluche sans vie. Puis il se releva en soufflant bruyamment. Ce qu'il laissa derrière lui ressemblait à une mare de boue innommable. De l'os et du sang.

Il finit par le temple interdit : la chambre parentale, où se terrait la louve, la maîtresse-femme, la putride mégère. Elle les dirigeait tous. Elle dictait ses ordres aux *Autres*, chuchotant ces voix qui embrouillaient son cerveau. Il empoigna sa génitrice avinée par la tignasse, lacéra frénétiquement son visage et sa gorge. Puis, comme s’il agissait selon un commandement divin, il plongea sa bouche dans la sienne. Post-mortem, alors qu'elle fuyait encore de toutes parts, il lui arracha la langue. Et s'en délecta.

« Désormais ils se tairont. » pensa-t-il.

Longtemps après, les gyrophares faisaient encore tournoyer le salon. Un kaléidoscope, une féerie silencieuse et tiède. Soulagé, il avait en effet laissé sa vessie le réconforter. Sidéré, Régis avait perçu en partie seulement l'arrivée des secours. Figé, il suivit sans résistance ces hommes aphones et bouleversés qui venaient de faire irruption dans le théâtre de sa libération. Régis, « le Roi ». Fourbu, tel un héros mythologique venant de terrasser ses ennemis de toujours : il naquit une deuxième fois cette nuit-là…

…dans un nouveau bain de sang.

IX

Mardi 17 novembre 2015 - 6h49.

Prédateur rongeait son frein.

Il venait de réintégrer la maison d'arrêt ce matin, et d'écoper d'une peine de dix semaines fermes pour de vieux sursis liés aux stupéfiants ou à des histoires de violences volontaires dont il n'avait plus le moindre souvenir.

Après les soins à l'hôpital, il était retourné à la précarité de la rue, sans avoir eu le temps de préparer sa sortie cette fois. À court de solutions : pas un pigeon à plumer, pas une crédulité à abuser. Il détestait être pris au dépourvu. Heureusement, ce petit temps « à l'ombre » tombait à pic et allait lui assurer quelques semaines nourri et logé. *« Ma foi, ici ou ailleurs… »*

- La sale petite baltringue ! cogna-t-il dans le mur, faisant rougir les jointures de son poing droit tatoué des quatre lettres C A T S.

C'est le timing qui posait problème. Il n'avait pas prévu que le couperet retomberait si tôt. Des affaires n'étaient pas réglées. Des représailles. À commencer par cette loque de l'Unité 5. En tenue de sécurité dans sa cellule d'isolement, seul pour encore quarante-huit heures en tant que nouvel entrant, il sentait les œillères de la frustration réduire son champ de vision. *Prédateur* pouvait se sortir de tous les problèmes, de tous les coups foireux…

…mais la frustration…

Il avait été interpellé la veille aux aurores. S'en étaient suivies vingt-quatre heures de garde-à-vue nerveuses, presque sans manger ni boire. Il n'avait pas moufté. Il se savait victime collatérale de « l'état d'urgence » décrété par les autorités depuis les attentats. Perquisitions, contrôles à tout va, y compris nocturnes, y compris dans les milieux marginaux, sans pincettes, sans motif parfois, sans les précautions administratives habituelles. La bureaucratie française qui exaspérait la plupart de ses compatriotes, *Prédateur* s'en était si bien joué tout au long de son existence. L'administration, cette entité qui s'imposait à tous mais n'était pourtant connue de personne. Avec ses complications, ses lenteurs, elle ne constituait aucune autorité à ses yeux. Chaque institution - la prison, la psychiatrie, les foyers ou Pôle Emploi - avait des failles à exploiter. D'une manière générale, l'autorité, la culpabilité, l'intérêt collectif, étaient des notions très abstraites pour *Prédateur*. Autrui, son prochain, représentait pour lui une opportunité, une source de profit. « *Voire une source de nourriture* », ricanait-il en lui-même…

« Pourquoi pas ? »

Pour le moment, seuls le fiel et la rancœur emplissaient son estomac. Il palpa sa lèvre inférieure ou ce qu'il en restait. Les sutures étaient encore douloureuses, la boursouflure immonde, dévoilant ses dents carnassières.

- Il a la mémoire bien courte... ruminait-il, pourléchant ses babines avec une appétit écœurant.

Il brûlait de l'intérieur.

Une mauvaise passe, il allait se refaire, retomber sur ses pattes… Il frappa violemment de son autre poing sur le mur au plâtre crayeux. L'espace d'un instant, par l'impact du geste, il crut y avoir imprimé les lettres D O G S.

« Cats & Dogs ». Pour *Prédateur* la vie était binaire, noire ou blanche, faite d'abuseurs et d'abusés. Faux calme, autonome, détaché, flatteur, frotteur, il tirait profit des liens qu'il tissait avec l'autre. Il faisait partie des *chats*. Selon lui cependant, la plupart des gens étaient des *chiens*. Clébards paumés, bulldogs pataués ou bergers teigneux, plus ou moins costauds ou virulents, ils avaient pourtant tous des traits de

personnalité communs dont il savait profiter. Les *chiens* étaient dépendants, irréfléchis, ils toléraient la laisse, se cherchaient un maître, un guide, un patron. Avec un peu de patience et d'habileté, on pouvait les dresser. La récompense et la crainte de perdre le lien établi étaient deux puissants leviers de manipulation, dont ces couillons raffolaient. Quant on maltraitait un *chien*, il ne se rebiffait pas, il pleurnichait, ça le rendait triste. Il dépérissait, essayait de se racheter. Il en redemandait en fait. Il n'en allait pas de même avec les *chats*, les sauvages, ceux de rue ou de gouttière. Un *chat* maltraité, un *chat* méprisé ou frustré, un *chat* trahi, ne cédait pas à la tristesse ; il se vengeait. Et à cet instant, dans sa litière puante…

…le *« roi des chats »* ourdissait sa vengeance.

X

Mardi 17 novembre 2015 - 9h33.

On ne fumait plus n'importe comment dans les services de psychiatrie.

Ce n'était pas pour déplaire à Sandrine, infirmière non-fumeuse de quarante-six ans, ayant subi pendant trop d'années les largesses faites au Dieu Tabac, sous couvert d'apaiser les patients. Infirmière vieille école, dinosaure au milieu de jeunes plus polyvalents, elle rappelait fièrement à qui le lui demandait qu'elle au moins avait *« un vrai diplôme de psychiatrie »*, celui d'avant la réforme de 1992.

C'était une personne à l'écoute de son prochain, une qualité humaine, innée. C'était aussi une ressource privilégiée pour tout le service qui, sans le savoir, sans lui en être spécialement reconnaissant, maintenait son relatif équilibre - et sa sécurité - grâce aux compétences et à l'expérience acquises au fil des années.

- Y'a longtemps que ça ne clope plus à tout-va dans les services, affirma Sandrine à l'*Étudiante* novice.

Cette dernière s'étonnait en effet de la place de la cigarette dans les rapports interpersonnels, et de la négociation permanente avec et entre les patients. Une récompense, un totem, une échappatoire… Dix semaines de stage, dix semaines de compagnonnage et de vigilance pour Sandrine. L'*Étudiante* ne savait rien de l'histoire récente de la psychiatrie, de ses progrès, de ses chapelles, de ses inerties. Vu de loin, le tabac était anecdotique dans le quotidien de l'Unité 5. C'était pourtant central. On pouvait racketter, agresser pour une histoire de clopes.

C'était arrivé. Récemment !

Plus fascinée qu'intéressée, plus voyeuse qu'impliquée, l'*Étudiante*, vingt ans, toute en blondeur et en naïveté juvénile, avait débarqué huit jours plus tôt. Premières observations, première visite médicale, premiers contacts avec des malades mentaux, puis la fin du calvaire de Régis sortant de la « chambre d'iso »… Elle ne s'était pas attendue à réagir comme cela… Cet étrange attrait…

Curiosité, affinité, gourmandise.

Tous mêlés, sans distinction de pathologies, internés par leur famille ou en « hospitalisation libre » (drôle de terminologie !) ; aucune de ces personnes ne paraissait « prendre son destin en main ». Cette locution courante ne s'appliquait pas ici. Car s'ils tentaient tous de s'y agripper, de s'y cramponner vaille que vaille, le destin pour ces gens était un fluide, aqueux, gras ou sablonneux, il s'écoulait, se tarissait, leur filait entre les doigts… Cette résignation, cette caducité inhumaine, l'acceptation voire la revendication d'une non-maîtrise de soi, cette régression ultime de la « dépendance institutionnelle »…

La découverte ensorcelait l'*Étudiante.*

Sans pouvoir le mettre tout à fait en mots, elle avait rapidement cerné l'ambiance singulière de l'hôpital psychiatrique. La fumée et le brouillard nicotiné avaient donc disparu des services. Pourtant l'atmosphère y restait presque palpable, tangible, comme si le trouble mental se matérialisait dans cette routine ensuquée, cette démesure de l'inutile, ce temps à tuer, ces activités inamovibles, ces passe-temps qui en réalité allongeaient les heures, diluaient les minutes, étiraient chaque seconde… L'air y était plus dense qu'ailleurs, avec sa viscosité propre. La moindre perturbation se remarquait, s'y propageait, irrépressible, de mur en mur, de sentiments en pressentiments. Sans un mot, sans une confidence, sans une complicité, ni la rumeur qui déforme ; les patients percevaient les changements, les imprévus, les fuites dans le « système ».

- Ces attentats, ce n'est bon pour personne, encore moins pour eux, ajouta Sandrine en baissant les yeux, pensive.

Puis, captant à nouveau le regard de son élève, elle conclut :

- Depuis ce week-end, on est tous angoissés, distraits… Les patients sentent les choses, tu sais…

…et Régis le premier.

XI

Mercredi 18 novembre 2015.

Cela durait depuis quelques jours déjà.

Dans un coin, à la marge des œillères chimiques qui limitaient sa perception, Régis sentait qu'un nouveau personnage, une ombre blonde, avait fait irruption dans son quotidien. Pas de ces banales silhouettes anonymes qui vont et viennent normalement dans un hôpital, sans voir ni être vus.

Elle, elle l'observait…

S’il s’était souvent senti investi d’une mission supérieure, Régis ne s’était jamais considéré comme le malade emblématique de l’Unité 5. Les enjeux relationnels, les luttes d’influence et de pouvoir, les sollicitations humaines en général ; il en avait trop peu conscience. Ou plutôt, il en avait « mal conscience ».

Habituellement, les gens ne s'attachaient pas à lui, ni lui à eux. Ils étaient sans relief, lisses, sans aspérités. Ils le laissaient indifférent. Des portes sans serrure quand, la plupart du temps, il ne possédait aucune clef. Pire qu'une voie sans issue : un carrefour permanent, et la pléiade des possibles. Il subissait au premier degré l'infinitude du Monde, l'abstraction du temps, de la portée des choix, trouvant alors refuge dans son intérieur poreux, perméable, mais familier. Et dans la musique. Sa vérité aléatoire…

« Cette étrange routine m'écrase parfois.

Mais je ne l'échangerais

pour rien au Monde.

Peut-être qu'il n'y a rien.

Seulement ce moment. »[4]

En temps normal, ne gravitaient dans son environnement concret que le Dr D'Arc, Sandrine l'infirmière, et Amine, son seul lien avec l'extérieur. Avec le premier, il avait un lointain rapport « vertical ». Beaucoup, comme un cliché de comptoir, auraient parlé de *« figure paternelle »*. C'était plus complexe et à la fois plus simple que cela… Moins impliqué en tout cas, plus mécanique, inaffectif, sans crainte, ni désir de plaire

---

[4] *« This strange routine sometimes weighs down on me. But I wouldn't trade it. Not for anything. Maybe there's nothing only this moment ? »* - Jamie Rhoden, « Where Am I ? » (acoustic).

ou de mimer. Mais tout aussi incontestable et facteur de stabilité pour Régis. Une constante.

Sa relation avec Sandrine était moins superficielle. Il lui semblait qu'il l'avait toujours connue. Pareille à une « grande sœur ». Encore qu'il ne sût pas vraiment ce que c'était d'avoir une grande sœur… Dont on regarde les seins pousser au fil des ans, s'imaginait-il… Puis qu'on voit s'opposer à l'autorité parentale pour mieux ouvrir la route au cadet… Qu'on épie sous la douche aussi, sans arrière-pensée, mais avec un certain émoi, relevant sans doute davantage de la curiosité que de l'érotisme…

« Alors qu'avec Sandrine… »

Il n'aurait pas su dire si c'était une belle femme, ou s'il la désirait parfois. Pas sexuellement en tout cas. Il était convaincu qu'elle le comprenait sans avoir à lui parler, qu'elle le ressentait sans qu'il ait à se livrer, qu'elle anticipait des réactions en chaîne, des emballements, pour qu'il n'ait pas à les désamorcer seul. Il perdait souvent la notion de professionnalisme : elle ne faisait que son métier après tout. Pour lui, elle devenait alors un ange-gardien, ou un « double », qui sait ? Il aurait voulu « être » Sandrine parfois, qu'elle soit lui, qu'ils se colmatent, se fusionnent. Elle n'était pas sa mère, pas une *Autre*, surtout pas ! C'était plus complexe et à la fois plus simple que cela…

Amine lui, était le dernier lien avec son passé. Régis envisageait l'amitié d'une manière atypique. Il ne concevait pas ce trait d'union précieux qui devait être entretenu, mutuel. Certes il n'allait pas de soi, ne lui était pas dû, non, mais il était là : une évidence. Il ne pouvait pas risquer de le perdre puisqu'il n'avait rien fait pour le gagner. Il n'avait d'ailleurs jamais réfléchi aux raisons qui poussaient son camarade à continuer ses visites depuis tout ce temps. C'était peut-être justement pour cela qu'il venait encore… Il n'était pas attendu, pas espéré, ni déçu ni satisfait. Amine avait pour lui d'être réel, ça oui. Et en même temps, il était si invraisemblable qu'il constituait pour Régis une petite part d'« imaginaire non-pathologique tolérable ».

Ils s'appelaient l'un l'autre *« tronche de cul »*, en référence à ce personnage de la bande-dessinée *Preacher*[5] qui, voulant se suicider en compagnie de son meilleur ami et rejoindre ainsi son idole Kurt Cobain ; s'était arraché le visage avec la carabine de son tortionnaire de père. Juste parce qu'un pacte entre amis c'est sacré. *« À la vie à la mort ! »* C'était aussi leur définition de l'amitié. Contrairement à tous ceux qui avaient connu Régis au lycée ou à la fac, Amine ne l'avait jamais jugé pour ce qu'il était…

…ou ce qu'il avait fait.

[5] Comics de Garth Ennis et Steve Dillon édités dans les années 90 chez Vertigo/DC Comics.

XII

Dimanche 18 novembre 2007.
(huit ans plus tôt)

Compte-rendu de consultation sur réquisition enregistré par le médecin de garde : Docteur Dochat à 3h17.

- Bonsoir, comment vous vous sentez Monsieur ?

- [silence]

- Je suis le médecin de garde aux urgences psychiatriques…

- [silence]

- Euh… Vous arrivez avec la police… Ils sont là, juste devant… Vous pouvez m'expliquer ?

- [silence]

- Écoutez, on me demande de me prononcer sur votre état psychique, sur des faits qui se seraient passés ce soir…

- [silence]

- Je ne suis pas juge. Je dois juste donner mon avis sur votre état. Si vous pouvez aller en garde-à-vue ou pas…

- [silence]

« …Certifie avoir examiné ce jour… Le sujet est mutique, il apparaît prostré et dans un état d'incurie avancé… Ne revient pas sur les faits qui lui sont reprochés… Impossible de se prononcer sur son discernement… Son état est incompatible avec le maintient en garde-à-vue… Observation en milieu spécialisé… En faveur d'une Hospitalisation d'Office… Assortie d'une surveillance constante… »

***

Des tréfonds de son intellect, à travers la maigre cloison, Régis n'avait capté que par bribes ce qui s'était joué ce jour-là, dans le bureau adjacent. On lui avait parlé *« police »*, *« faits »*, *« responsabilité »*, quand lui ne se souvenait que d'une expérience de béatitude absolue. Un apaisement comme la maladie lui en avait si peu réservé. Il aurait voulu parler mais n'en avait pas été capable. Le décodeur s'était brouillé…

…dans les deux sens.

Il les avait vus s'agiter en effet, s'agacer, évoquer la *« simulation »*, la *« mauvaise volonté »*. En tout cas, il ne les avait pas sentis s'inquiéter pour lui… plutôt s'inquiéter « de lui ». Acteurs directs, témoins, spectateurs ou décideurs ; leur peur collait aux murs comme une sueur rance. Lui n'avait rien compris. S'il avait pu prononcer une phrase, il aurait évoqué la *« persécution »* passée, la *« délivrance »* et la *« justice »* rendue, de droit divin…

…Et de la sale langue de l'*Autre* !

Il n'avait pas répondu à ce « médecin », docteur Dochat. Son intérêt paraissait biaisé, et surtout sa présence floue, une silhouette imprécise, sortie de nulle part. De-ci, de-là, elle s'était agitée dans cette pièce trop éclairée. De face, de dos, sombre, sans cesse l'ombre s'était retournée… Retourner ? « Chat-do ». « Shadow ». *« Une ombre ! »* Définitivement, il avait bien fait de refuser de lui parler… Il l'avait par contre entendu dicter son certificat à l'urgentiste de garde. Ou vice-versa… Il y avait eu aussi les cliquetis des policiers qui faisaient le planton. Et leurs rires gras, défensifs. Régis ne s'était pas vraiment senti visé. Pas plus par leurs allusions morbides : *« mutilations »*, *« fou dangereux »*, *« peine de mort »* etc...

Sans doute s'était-il passé quelque chose aux actualités…

Lui qui doutait toujours de son niveau d’implication dans les faits et gestes de ses semblables, de leurs intentions ; avait ressenti pendant plusieurs jours un détachement total et bienfaisant. Une apesanteur mentale et sociale en flottaison sur la grande orbite de la destinée.

L’atterrissage n’en avait été que plus violent.

XIII

Jeudi 19 novembre 2015.

Sandrine était en alerte.

Les crises de Régis n'avaient pas été si fréquentes que cela ces dernières années. *« Raison de plus ! »* Voici une semaine qu'il était sorti d'isolement. Mais on n'avait vu là qu'un petit remous, elle le pressentait. La vague scélérate se cachait encore au large. Les brise-lames avaient leurs limites. La submersion des côtes, le déferlement sur le rivage : il fallait s'y préparer. Elle pouvait le lire dans ses yeux. Cette soif d'ailleurs, ce haut-le-cœur de lui-même. La marée était haute aussi en Régis. À la cote d'alerte. Il avait besoin qu'on lui ouvre les vannes de l'espoir. L'institution elle, allait avoir besoin d'audace pour lui en accorder. Mais le « pedigree » de Régis parlait pour lui : aucun préfet, aucun médecin, aucune décision collégiale n'abonderait désormais dans ce sens. Huit ans depuis le drame et le

« non-lieu psychiatrique ». Six ans depuis le fiasco de la dernière sortie d'essai…

À chaque étage de l'administration on se couvrirait. Pourtant, en tenant le « parapluie » à plusieurs on pouvait, si on le voulait bien, réussir à protéger tout le monde. Mais ça supposait de se serrer les coudes. Et la médecine était devenue tellement politique… D'ouverts sur l'extérieur, d'inscrits dans la cité, les hôpitaux psychiatriques avaient en effet à nouveau délaissé le champ de la réinsertion pour satisfaire un besoin accru de sécurité. *« On juge du degré de civilisation d'une société à la manière dont elle traite ses fous »*, avait dit Bonnafé. Sans être misanthrope ou de nature particulièrement pessimiste, Sandrine n'avait plus beaucoup d'estime pour la société dans laquelle elle vivait…

« Peut-être un peu pessimiste quand même… »

Elle se savait déprimée ces derniers temps. C'était de saison, mais pas uniquement. Elle devait y prêter attention. Travailler en psychiatrie ne vaccine de rien…

- Un comble ! ricana-t-elle. La déformation professionnelle, ça marche dans les deux sens !

Régis de son côté, avait toujours répondu facilement aux ajustements de traitements. Chez de nombreux psychotiques, la maladie et ses thérapeutiques s'inscrivaient dans une unité de temps beaucoup plus longue, qui fatiguait les espérances, éreintait les motivations, éteignait les curiosités, dégradait les fonctions intellectuelles. Sans empêcher vraiment les rechutes… On appelait ça « l’évolution déficitaire ». Régis lui, restait un malade passionnant.

- Fascinant ? se demanda-t-elle, avec une forme d'aveu…

Code F25, « *Trouble schizo-affectif* », devait-on dire désormais. Mais il y avait débat. Comme toujours dans cette science inexacte des psychismes délabrés… Les acquis d'une époque s'effaçaient au fil des éditions péremptoires de chaque nouveau « DSM »[6]. On en était au cinquième…

Depuis une semaine, malgré tous les efforts qu’il pouvait déployer pour masquer ses tensions, Sandrine sentait chez son patient les restes mal nettoyés de la dernière crise. Résidus indigestes, reliquats moisissant. Cette fois la crue n’avait pas expié ses démons, la vague n’avait pas tout emporté. Une partie des eaux avait façonné ce terrain meuble, rongeant les berges, creusant des rigoles et des ornières.

Saumures insalubres, terreau de terreurs à venir.

---

[6] DSM : diagnostic and statistic manual of mental disorders. Ouvrage de référence publié par la société américaine de psychiatrie et classifiant les troubles mentaux. La version française de la cinquième édition est sortie en 2015.

XIV

Vendredi 20 novembre 2015.

De sombres imbéciles.

Prédateur savait que l'idiot qui s'ignore est souvent bien plus dangereux que l'idiot conscient de ses limites. Et il avait justement hérité de deux idiots en guise de codétenus. Un de chaque sorte, malheureusement… Deux pions aux capacités bien maigres, deux numéros dans la grande loterie qui occupait sa vie depuis quarante ans.

Ils seraient son lot de consolation.

N°1 et *N°2,* sans se connaître jusque-là, étaient tombés pour la même affaire de stups. Un « vaste coup de filet », comme on disait au journal télévisé. Le genre d'expression toute faite qui rassurait la ménagère, donnait aux masses l'impression d'un grand nettoyage, et assurerait probablement une petite liasse de bulletins de vote supplémentaires aux élections régionales de décembre. En réalité, c'était la plupart du temps de petites frappes, des seconds couteaux, et quelques caïds qui tombaient pour tous les autres.

N°1 faisait partie de ce genre de mâles biberonnés à l'adrénaline. Un petit soldat agressif et ambitieux. Un *chien* enragé, influençable, mais doté de réflexion, et qui comblait la vacuité de son existence par des transgressions en tout genre. On aurait pu lui trouver mille excuses, carences éducatives ou sociales. La vérité, c'est qu'il aimait ça. Tirant gloire et profit d'une vie de sociopathe notoire, *N°1* était capable d'initiative et s'était vu délégué un petit trafic. Une petite routine des cages d'escaliers, des guetteurs, des commissions, des territoires ; mais aussi ce sens de la hiérarchie, une certaine forme de respect, cette structure sociale qui s'était substituée à la société classique dans ces « no man's land » de l'Humanité. Puis tout avait foiré.

À cause de gens comme *N°2*...

Né « sous X », ayant vécu toute son enfance dans la jungle des foyers, et atteint d'une *« débilité légère »* ; *N°2* avait toujours dû compenser pour survivre. Son impulsivité, ses accès de nerfs disproportionnés, en avait fait un homme de main utile, une première ligne d'infanterie, de la chaire à canon.

Il suffisait de lâcher la laisse…

Prédateur avait intégré la cellule sans faire de bruit. Tel le *félidé* calme et orgueilleux qui fait le tour de son espace de vie avant de feuler, de montrer les griffes ou de se coucher en rond. Tous les êtres arrogants ont peur de l'avenir. Ils jouent leur vie dans l'instant et se reposent sur des acquis. Il le savait mieux que personne : les réputations vous précèdent en prison. Et *Prédateur* n'en était pas à ses débuts derrière les barreaux. Les premiers jours étaient toujours cruciaux. L'instinct animal, l'odeur des corps exsudant crainte ou concupiscence ; les nouvelles têtes étaient jaugées, cataloguées. Abuseur ou abusé, *cat* ou *dog* ; en prison comme ailleurs…

…cela ne fonctionnait pas différemment.

Pour les quelques semaines à venir, *Prédateur* allait joué de sa science. Dans le pire des cas, se servir de ses boucliers humains. *N°1* puis *N°2*. Dans cet ordre-là. Le moins malléable, le moins soumis en premier. Puis la grenade dégoupillée, le crétin congénital, en cas de besoin… Avec deux flèches dans son carquois, depuis sa geôle, le *Prédateur* pouvait recommencer à bander son arc du Mal.

Cela se présentait plutôt bien tout compte fait…

XV

Lundi 30 novembre 2015.

Dix jours poisseux, passés comme un seul.

« La tête dans un ventilateur

qui tourne sans fin mais jamais ne me touche.

Comme des balles qui rebondissent

sur le cuir d'un cerf.

Mes yeux verts collés sur ton visage,

je suis aveugle pourtant.

Suivant les empreintes et la traînée de sang. »[7]

---

[7] *« Head in the ceiling fan goes rolling and missing like bullets slamming into deer skin. Glued my green eyes to your face. I'm blind. Follow footsteps, a bleeding bloodline. »* - Title Fight, « Head in the ceiling fan ».

Un pas, puis l'autre, dans le parc de l'hôpital, sans but ni fin… La cervelle dévastée, traversée de bourrasques ; une torture creuse. Même la douleur eut été moins pénible que cette impression absurde. La meurtrissure plutôt que l'anesthésie, la peine au lieu du néant. Il aurait voulu se coincer la tête dans un rotor en marche. Se laisser prendre au piège dans le mouvement perpétuel des pâles affûtées… Mais elles aussi eurent été vaines, inoffensives.

Inefficience.

Ces dix derniers jours, Régis ne parvenait pas à tirer bienfait de ses promenades quotidiennes. Il avait à nouveau accès à ses vêtements personnels et pouvait désormais prendre l'air seul, dans les allées jonchées de feuilles mortes, bordées d'arbres faméliques. Mais novembre avait une autre senteur cette année, et il l'avait identifiée. Novembre serait mort demain et ses illusions avec. Ce mois écoulé avait été le pire depuis des années, le pire depuis que le Dr D'Arc s'occupait de lui.

Il l'avouait : il était bien le seul à blâmer. Il avait cédé : Régis avait à nouveau goûté au sang et ça changerait tout pour les temps à venir. Quelque chose s'était rallumé, dominant tout le reste. Étonnante coïncidence avec ce terrorisme, et l'angoisse ambiante, la peur d'elle-même et des autres qui saisissait la France.

Rémanence.

Il n'aurait su dire où il avait entendu ce terme. De ces mots à la jolie musique qu'il se plaisait à triturer, à malaxer pour s'en approprier le sens. On l'employait pour qualifier la persistance visuelle d'un stimulus lumineux, ou pour souligner la présence impalpable d'un parfum capiteux, masquant toute autre odeur. Trompeuse rémanence. On l'utilisait aussi pour parler d'un corps qui, mis à distance d'un champ magnétique, continuait pourtant à s'aimanter… Le sang avait cette « rémanence » dans le psychisme de Régis. Dans les semaines qui suivaient un tremblement de Terre, la réplique surgissait à tout moment. Chez lui, le *« voile rouge »* pouvait très vite retomber, et se substituer à son regard vert. Ce n'était pas un attrait malsain ou un appétit réveillé. Ni un instinct stimulé ou un plaisir attendu ; plutôt un automatisme irrépressible, un esclavage.

Congruence.

Il se voyait le plus souvent en témoin impuissant de ses propres luttes internes. Un jeu de cache-cache. Il se disait - non sans une certaine mélancolie - que la vie avait chorégraphié pour lui une bien étrange danse. Un « pas de deux », entre la réalité de ce qu'il pensait être et la *« Chose »* qui surgissait et s'imposait sans crier gare. Une dissymétrie. Un ballet surréaliste entre les différents « lui », une valse qui ne tournait pas rond, ne le ramenait jamais au point de départ. Une incongruité. Une capoeira plutôt, qui dessinait de ses compas des demi-tours, des arcs et des pivots, des « S » à marche forcée, terminant chaque élan, syncope et déboulé en décalage, dans un « à côté ». Même un éternel recommencement aurait eu plus de sens.

Mais du sens, Régis en prospectait, en incubait, en trouvait dans les mots parfois. Il adorait les mots, les pulsatiles, les vérolés, les quérulents, ou tout cela à la fois :

« Pul-Vér-Ulence »

Dans ces périodes de grand ralentissement psycho-moteur, quand la tempête se calmait, quand le vide interne se faisait cocon ; Régis vivait de longs moments de stupeur. Il se mettait à tricoter des mots, les tordait en douceur ou les choyait avec malice. Puis il les mixait sans ménagement et les broyait violemment. Il les réduisait alors en miettes, et projetait la matière friable dans les airs, poudre volatile… Pulvérulente. Pareille à la neige des sommets…

…une âme à la consistance de craie.

XVI

Mardi 1er décembre 2015.

- C'est toute la magie et tout le drame des neuroleptiques.

Jour après jour, remplissant son rôle pédagogique, Sandrine tentait d'inculquer quelques notions à son *Étudiante* qui en manquait cruellement. La réforme universitaire des études infirmières, en 2009, avait supprimé quantités d'heures de cours magistraux. Évidemment ce n'est pas sur la cardiologie qu'on avait rogné…

- Quand on majore le traitement de patients comme Régis, reprit-elle, on abrase ce qui parvenait jusque-là à émerger, on vide ce qui habituellement remplit. C'est dur à comprendre, mais la construction délirante est aussi une défense. Et quand on retire le délire à ces psychotiques, tout ce qui les fait vivre et en même temps souffrir, est asséché. Il ne reste plus que de fortes angoisses, un sentiment d'étrangeté encore plus prégnant, un ralentissement extrême, tout est brouillé, obnubilé, engourdi…

« L'apragmatisme ».

L'*Étudiante* n'en avait jamais entendu parler. Mais à voir Régis évoluer depuis sa sortie d'isolement, elle pensait en percevoir à peu près le sens. Qu'importe, il était le clou du spectacle, le grand mâle de la ménagerie, le « fou dominant ». Elle aurait voulu s'introduire dans son crâne, se repaître de son impuissance. Elle le regardait souvent, tournait autour de lui constamment, épiait ses comportements.

Elle voulait croire que c'est ce qu'on attendait d'elle.

Fébrile, elle avait abordé ce stage d'une mauvaise manière. Quelque chose de mal avait rapidement grandi en elle. Elle détestait cela et en redemandait pourtant chaque jour. Avec une pointe d'excitation et de dégoût. Les fous, les mabouls, les timbrés, incurable lie de la société ; elle en avait bien ri avec ses camarades de promo. Un rire nerveux, pour défier la peur et la dangerosité qu'elle se plaisait à fantasmer. Un stage en psychiatrie, c'était pour elle braver le risque à moindre coût, avec les pouvoirs conférés à la blouse blanche. La bête curieuse, au regard fixe occupait ses pensées, habitait ses rêves. Sans se l'avouer, elle en salivait…

L'*Étudiante* se nourrissait de Régis.

Sandrine, en bonne référente, l'avait briefée : elle ne devait pas prendre trop d'initiatives vis-à-vis de ce patient. Elle devait soit être accompagnée, soit en visu d'un autre soignant, et en rester aux actes du quotidien : distribution de traitements, prise des repas etc. Ne pas se laisser *« phagocyter »*.

Mais c'était plus fort qu'elle.

Régis paraissait inoffensif, pas vrai ? Elle devinait bien sûr que les traitements en étaient responsables. On lui avait aussi rapporté la dernière crise : la blessure infligée à un patient qui ne lui avait rien fait, son côté imprévisible. Mais tout cela semblait si lointain, à le voir déambuler ainsi dans sa tunique rayée informe et son pantalon trop large. Parfois, il fixait le mur ; on aurait dit qu'il comptait les motifs en chevrons dans le papier peint ou les chiures de mouches au plafond.

On aurait surtout dit qu'il ne la voyait pas. *Elle*.

Le laissait-elle indifférent ? Était-il un homme comme les autres ? Son mystérieux visage amputé d'une oreille, sa maigreur, la pâleur fantomatique de sa peau, ses yeux verts à la profondeur incertaine : deux marécages goulus, faussement paisibles. Elle s'en voulait de ce qu'il suscitait en elle. Ce n'était pas faute d'y mettre de l'intérêt vaguement « professionnel », de poser des questions pour mieux le cerner. Elle voulait surtout qu'on la laisse s'en approcher, s'y frotter, tenter de le faire réagir. Mais pourquoi au juste ?…

L'*Étudiante* avait assisté au staff hebdomadaire la veille. Certains accusaient Régis de ne pas prendre correctement ses traitements. On avait donc évoqué à nouveau l'impossible question d'un traitement à action prolongée pour stabiliser son état. *« Pas d'injection tout court, donc pas d'injection neuroleptique retard pour Régis »* : le Dr D'Arc était catégorique. Elle avait ensuite écouté Sandrine plaider l'allègement du traitement *« per os »* à *« J+30 »* de l'agression. Au nom de la *« déontologie »*, de la *« perte de chances »* pour un patient *« intelligent »*, dont il fallait préserver *« les cognitions »*, pour continuer à envisager des possibilités de *« réhabilitation »*. Pour une *« psychiatrie de 2015 ! »*…

Elle avait vu le Dr D'Arc hocher de la tête, faire la moue, tempérer, contester, utiliser des termes, opposer des contraintes qui la dépassaient. Pendant presque deux heures, il avait été question de la *« balance bénéfices-risques »* et de l'avenir immédiat du patient. Le médecin-chef, en bon arrondisseur d'angles, avait fait mine d'être à l'écoute de son équipe, lui déléguant aussi, implicitement, une part de responsabilité. Il avait accepté la révision à la baisse des calmants de Régis, accordant là une « grande faveur ». C'était toujours profitable de céder sur un terrain qui vous importait finalement assez peu. Pour mieux rappeler à l'autre, le moment venu, qu'il vous était redevable.

- À la première incartade de Régis, je saurai me souvenir de cette réunion…

XVII

Mercredi 2 décembre 2015.

Un certain besoin de recueillement et « d'être ensemble ».

C'était sa première visite depuis les terribles attentats qui avaient ému la planète entière. Après les attaques, Amine avait pris un congé exceptionnel et était resté quelques temps à Paris auprès de sa famille. C'était aussi la première fois qu'il se rendait à l'hôpital depuis la crise de Régis, plus d'un mois auparavant. Il était de toute façon impossible de rendre visite à un patient pendant une période d'isolement. Il était rentré de la capitale à temps, et avait échappé de peu au grand foutoir de la « Conférence Climat ». Pas moyen de prendre un avion à l'heure - ou même un avion tout court - avec toute cette sécurité diplomatique.

Mais cela était si secondaire…

Amine, comme beaucoup de gens, connaissait *« quelqu'un qui connaissait quelqu'un »* parmi les victimes des terroristes. Il était dépité, meurtri et dans un état de nerf invivable. L'atmosphère à Paris virait à la paranoïa la plus complète. Les fausses alertes dans le métro se multipliaient, ainsi que les contrôles et les abus de zèle policiers.

- Un temps à pas mettre un arabe dehors ! avait-il blagué l'autre jour…

Lui était d'origine algérienne, né en France de parents fiers et rigoureux. Pourtant, Amine était un rebelle… Mais ses armes étaient les mots : il s'était toujours bagarré sur le terrain des idées plus que sur les trottoirs. Il revendiquait sa nationalité française, sa laïcité, et son droit d'exister sans avoir à se renier ou à se recroqueviller sur sa prétendue « communauté », juste parce que c'était dans l'air du temps : *« Putain d'époque ! »*

C'était un rockeur, un ouvert, un curieux. Il avait grandi dans un ghetto typique des années 80, multiculturel et foisonnant. Baigné dans une tradition musulmane, plus par héritage et mimétisme, il en avait retiré le meilleur : les valeurs de probité et de solidarité. L'ascenseur social de la République par contre, il voulait y croire comme à un Dieu… Il s'était très tôt engagé politiquement. Pas au sens politicien du terme, plutôt une acuité d'opinion et une foi dans sa capacité à faire « changer des choses ». Des stéréotypes notamment. Plus jeune, il avait joué dans plusieurs groupes et tenu un fanzine, dans lequel il dépeignait pêle-mêle idéaux naïfs, critiques musicales et contestations adolescentes. Vestes à patchs et jeans « slim » balafrés, il avait dû longtemps traîner l'étiquette du « maghrébin de service » dans le microcosme alternatif de l'époque. Un milieu de blancs, quoi qu'on en dise, mais dont il se revendiquait totalement. Cela avait été son intégration à lui, l'enfant à la culture métissée, le fils d'immigré, le rejeton de cette deuxième génération qui devait sans cesse et injustement prouver sa légitimité à « être là ».

Un enfant de France, du droit du sol.

Lui le laïc, sans dieu ni maître, ne s'était pas perdu en chemin dans une aigreur stérile envers la société. Il avait au contraire étudié avec brio et tentait aujourd'hui d'être un prof d'histoire pédagogue et apprécié, bien qu'éternel remplaçant… Malgré ce statut précaire, il pensait rendre à la collectivité ce qu'elle lui avait donné, sans se prendre pour un autre, une exception, ou encore moins le cliché du *« beur qui s'en est sorti »* tant apprécié des journaux.

***

Au lycée, en 1ère littéraire, il s'était lié d'amitié avec l'autre « vilain petit canard », l'autre qu'on regardait de travers : Régis. Ils avaient de nombreux centres d'intérêt communs, et c'était Amine qui avait initié son ami aux musiques indépendantes. Celles qu'on n'entendait pas à la radio, qui ne s'apparentaient pas à des produits commerciaux au service des trois ou quatre « major companies » de l'industrie du disque.

À l'époque, Régis était déjà suivi par des psychiatres. Il ne lui en avait pas fait mystère : anxiété, trouble de la relation, envies suicidaires… Et cette fichue « énurésie ». Un mot qui sonnait « propre » pour dire qu'il avait longtemps souillé ses draps, au plus fort de ses angoisses, au plus sombre des nuits… Cela lui arrivait même encore. Son aspect torturé, tantôt renfermé, tantôt exubérant, avait interpellé Amine, qui y avait très vite vu une fragilité. Une souffrance interne qu'ils n'avaient jamais vraiment abordée ensemble. Un accord tacite, une bienveillance désintéressée.

Il y avait le climat qui régnait alors au domicile de Régis. Des plaintes concrètes et légitimes qu'Amine pouvait comprendre. Mais aussi, petit à petit, des préoccupations qui lui avaient paru exacerbées, des impressions faussées, des doutes infondés sur sa filiation, des divagations récurrentes sur son *« rôle »*, sa *« mission »*… Ces considérations avaient par moments pris beaucoup de place. Son tempérament farouche, suspicieux, son abord un peu « bizarre », y compris physiquement ; tout cela avait fait progressivement le vide autour de Régis. Mais Amine en connaissait la véritable origine. Le sujet, lui aussi, n'avait plus jamais été mentionné depuis la confidence : Régis avait été violé par un inconnu. Un soir de 1995…

…Un autre putain de vendredi 13.

Il en porterait toute sa vie les stigmates. Le nez broyé sur le sol de la cour derrière la maison, le traumatisme crânien et la partie supérieure de son oreille gauche, l'hélix entier arraché, mangé peut-être, par l'agresseur dans la fureur lubrique de l'acte. Régis, ce jeune garçon triste aux yeux tombants et au charme singulier, avait été brisé. La cicatrice psychique avait mis du temps à guérir : une année scolaire fichue. Et s'il cachait la plupart du temps l'infamie de son oreille manquante sous un bonnet de laine noir, la blessure mentale elle, était encore à vif et bien visible.

À même pas 17 ans, la fausseté du jugement et les interprétations étaient donc déjà là, à bas bruit, mais il existait aussi de réelles maltraitances morales. Sa famille n'avait jamais été stable ni sécurisante, composée de malades qui s'ignoraient, d'êtres frustes et néfastes. Régis était l'aîné. Ses frères avaient quatre et six ans de moins que lui. Le plus âgé des deux, dyslexique entre autres troubles, avait suivi une scolarité adaptée. Le plus jeune, il n'avait jamais su pourquoi, avait un temps été placé en foyer… pas protégé pour autant. Pour ce qu'en savait Amine, les parents n'avaient jamais travaillé, touchant les minima sociaux, allocations adultes handicapés etc. Le père avait même été mis sous curatelle. Des gens sadiques, alcooliques et mal intentionnés.

Éviter l'explosion du système.

Dans tout milieu dysfonctionnant il faut une soupape de sécurité, un point de cristallisation, une cause désignée des problèmes. Depuis l'enfance, Régis avait été pointé du doigt, brimé, humilié, taxé de *« rêveur »*, de *« Jean de la Lune »*, puis de *« retardé »*, de *« cerveau lent »*, de *« cinglé »*… Au fur et à mesure qu'il s'était enfoncé dans une maladie encore mal étiquetée, Régis avait eu besoin de son jardin secret pour ne pas sombrer. Depuis toujours, ce qui l'aidait vraiment c'était l'exutoire de la musique. Son ami aussi y avait grandement contribué.

En langue arabe, Amine signifiait « le loyal », le « digne de confiance ». En ce 2 décembre, il faisait honneur à son prénom. Sa présence régulière et modeste, cette chaleur discrète…

…Même si ça n'avait pas évité le drame en 2007.

XVIII

« J'ai perdu ma foi en Dieu

il y a longtemps, vers '89.

Quand mon paternel rentra une nouvelle fois ivre mort,

puant comme une traînée.

Et que je vis ma mère pleurer.

Oui, c'est bien le jour où Dieu est mort,

où j'ai réalisé que j'étais tout seul.

Puis je me suis évadé par la musique. (…)

Aujourd'hui, quand pris dans mon reflet,

je fais face à Dieu et au Diable,

et à mon père et à moi-même,

oui nous ne faisons qu'un,

mais je ne crois en aucun d'eux.

Et je me dis :

"C'est toi et moi maintenant, juste toi et moi".

C'est entre toi et moi, vieux fils de pute.

Entre toi et moi. »[8]

---

[8] *« I lost my faith in God somewhere back round '89. When my old man came home piss drunk smelling like a whore. And I saw my mother cry. Yeah that's the day that God died. That's the day I realized I was all alone. And I escaped in the music. (...) When I'm caught in my reflection face to face with God and the Devil and my Father and Myself ; yeah, we're all one but I don't believe in any of us. And I say : "It's just you and me now. It's you and me". It's you and me you old son of a bitch. It's you and me. »* - Another Breath, « God complex ».

XIX

Vendredi 4 décembre 2015.

Sandrine ne dormait pas.

Elle avait enchaîné les jours de travail depuis deux semaines, presque les « trois-huit », gardes de nuit comprises. Son corps ne savait plus quand il devait se mettre en veille. Mais pas seulement. Elle se sentait mal... En début de nuit, dans un demi-sommeil brûlant, elle avait rêvé de Régis. Honteusement. C'était hors de propos, hors cadre, hors de ses valeurs.

Mais on ne maîtrisait pas ses rêves.

Elle était pourtant une « femme de principes ». Un être raisonnable. Tout en contrôle. Sans doute trop. *« On dirait une vieille fille ! »* s'accablait-elle parfois. Elle en avait connues d'autres des périodes de ce genre, mais cette année, elle se savait mal en point à l'approche de l'hiver. Une crise de confiance. Une maladie nommée « cinquantaine précoce et galopante ». À ce rythme, bientôt la ménopause, un autre genre d'hiver… *« Quand même pas ! »*, se modéra-t-elle. Elle exagérait, elle dramatisait…

« Non ! » Elle déprimait.

Le mot était lâché. Elle devenait cynique, en rogne contre le Monde entier, morne comme la nature effeuillée. De mauvaise compagnie, de mauvaise humeur, de mauvaise foi. Elle cherchait son second souffle dans cette vie à mi-parcours qui avait largement perdu de son sens et de ses idéaux. Le Front National venait de faire plus de trente pour-cents, score historique, au premier tour des élections régionales dimanche. Elle n'avait pas voté. Les cons étaient par définition la majorité… Elle perdait confiance en elle, en les autres, en l'avenir. Le pessimisme diluait sa joie de vivre. Invisible dissolvant des bonnes volontés. Et voilà qu'elle se mettait à fantasmer sur les patients… sur LE patient !

- Pathétique…

Le corps à parfois de drôles de réactions quand l'esprit fait la sourde oreille, se ment à lui-même, se plante la tête dans le sable. *« Méfiez-vous : quand on fait l'autruche, on garde le cul en l'air ! »* avait-elle lu la veille sur les réseaux sociaux. Un dessin de presse un peu graveleux à propos du scrutin et du péril extrémiste. Elle se dit qu'elle pouvait maintenant se l'appliquer à son propre cul ! Ce qu'il restait de son élan vital venait en effet de se manifester. À l'évidence, en-dessous de la ceinture subsistait un tant soit peu d'envie, de besoin, de désir de vivre. *« Et les draps s'en souviennent… »*, faisait la chanson. Elle se leva, hésita entre un whisky et de la musique. *« Va pour l'un et l'autre ! »* : elle avait besoin de s'enivrer.

« Tu devrais rester à l'écart, je pense.

Il y a des fantômes dans les murs,

et ils rampent dans ta tête,

s'immiscent par tes oreilles.

Je crois t'avoir vu dans mon sommeil,

mon amant,

Je crois que je t'ai vu dans mes rêves.

Tu étais là,

raccommodant les sutures de chaque promesse mutilée

que ton corps n'avait pu tenir.

Je crois t'avoir vu dans mon sommeil. »[9]

---

[9] *« I think you ought to stay away from here. There are ghosts in the walls and they crawl in your head through your ears. I think I saw you in my sleep, lover. I think I saw you in my dreams. You were stitching up the seams on every mangled promise that your body couldn't keep. I think I saw you in my sleep. »* - La Dispute, « Such small hands »

Régis la préoccupait beaucoup ces derniers temps, pas étonnant qu'il se retrouve dans ses contenus de pensées nocturnes. Ces constructions mystérieuses qu'étaient parfois les rêves. Relents, rejets, refouloirs, ils portaient tout de même en eux une part de vérité. Devait-elle y voir autre chose ? Elle n'avait pourtant aucune attirance pour Régis. C'était très clair.

Il était fou à lier. Difforme… Interdit.

Mais elle ne pouvait nier qu'il exerçait sur elle une sorte de magnétisme. Elle aurait dû être désabusée, apeurée ou fâchée, depuis la dernière crise. Au contraire, ces événements l'avaient rapprochée de son patient. Elle le connaissait depuis des années maintenant. À bien y réfléchir, Régis était d'ailleurs la personne, l'homme, qu'elle « fréquentait » le plus régulièrement et depuis le plus longtemps. Étrange état de faits, étrange relation, étrange lien.

Qu'est-ce qui avait changé ?

Et puis, lovée dans son canapé, le rose encore aux joues, les mains à nouveau entre les cuisses, coupables ; elle sut. Il avait eu ce regard, ce moment suspendu hors du temps, il y a trois semaines, quand elle était venue ouvrir la porte de la chambre de surveillance pour l'en libérer. Elle n'en aurait laissé le soin à personne d'autre. Elle s'était alors attendue à tout, à de la folie pure, à de l'agressivité, à devoir refermer la porte. Ou bien au contraire à le voir hébété, obligée de le stimuler pour le sortir de sa catatonie, dissociation ultime de l'esprit, angoisse abyssale… Mais il était venu calmement à elle, sans un mot d'abord. Puis sur le pas de la porte, la fixant de son regard insondable, la pénétrant de sa prescience psychotique, il l'avait touchée au plus profond d'elle-même :

- Sandrine… *« Celle qui protège l'Homme ».*

XX

Mardi 8 décembre 2015.

Il était fier de lui.

C'était probablement son « record personnel ». En à peine trois semaines, il avait réussi à faire perdre le sens des réalités à quelqu'un. Maniant son pantin, tirant les ficelles en coulisses, prenant grand plaisir à le voir s'agiter, tournoyer… et s'emmêler. Comme un insecte en panique espérant s'en tirer jusqu'au dernier instant, pris dans la fine toile d'une araignée maligne. Comme un *chat* jouant avec sa victime, le titillant, l'aiguillonnant, lui lâchant la bride…

…avant la mise à mort, inéluctable.

Prédateur s'était, par la même occasion, débarrassé d'un gêneur. *N°1* était de trop, il l'avait décidé dès le premier jour. Certes, il ne l'avait pas

« supprimé » : trop périlleux pour sa remise de peine tant espérée. Mais il n'avait pas résisté à la jubilation que lui procurait toujours la manipulation d'un plus faible, son aveuglement, sa confiance indue, ses mauvais choix, et finalement son sabordage.

Il avait d'abord feint l'indifférence, le taulard qui avait de la bouteille, qui n'avait cette fois-ci qu'une courte peine à effectuer et voulait « faire son temps sans histoires ». Blessé dans sa chair, amoindri, il s'était volontairement mis en position basse. Il n'avait pas interféré, n'avait pas débattu ni contesté l'ordre établi. Rendu méfiant depuis l'arrivée d'un concurrent potentiel, *N°1* avait alors repris de l'assurance, pensant garder le dessus sur cet autre mâle vieillissant, à la bouche en charpie, et qui semblait vouloir se cantonner aux frontières de son territoire. *Prédateur* lui avait donné de l'os à ronger, de quoi se gargariser de son petit pouvoir. À l'occasion un peu de flagornerie, de passivité, voire une pointe de servilité apeurée. Il était fini, il n'avait pas pris le virage, la mesure, les méthodes de la nouvelle génération. L'autre y avait cru, avait voulu y croire, conforté dans son ego. Après tout, ce croulant à peine sorti de psychiatrie n'était personne dans l'organigramme du trafic de drogue local.

Il n'était pas une menace.

Prédateur en effet, travaillait seul, juste pour subvenir à ses besoins. Il profitait des situations, d'un ascendant ou d'une personne rencontrée au hasard de la vie de la rue. Mais il ne cherchait jamais à accumuler de l'argent, à assurer ses arrières, à hausser son niveau de vie, à faire du tape-à-l'oeil ou à prouver quoi que soit à qui que ce fût. Il était bien plus en sécurité intérieurement que tous ces gosses de cité mal sevrés de leurs pauvres mères, mal cadrés par leurs abrutis de pères… S'inscrire dans une organisation criminelle, ce n'était vraiment pas fait pour lui. Il n'y aurait pas trouvé sa place. Même en haut de la pyramide…

…au bout de la chaîne alimentaire.

Il avait donc commencé à fureter. Peu impliqué dans les problèmes de personnes et précédé de sa réputation de *chat* solitaire et dangereux ; il bénéficiait d'une certaine tranquillité. On le respectait. Rapportant faits et gestes, loyautés et trahisons, proposant idées et initiatives ; en une semaine il était les yeux et les oreilles de *N°1*. Celui-ci était pour l'instant à la tête du réseau dans tout un étage de la maison d'arrêt. Il était sous pression, nerveux à mesure que sa position se renforçait.

Il n'était pas fait pour le pouvoir.

Les mâtons, les concurrents, la fenêtre d'action, les angles morts du système ; tout s'était ensuite déroulé parfaitement. *Prédateur* avait même trouvé cela désarmant de facilité : en dix jours supplémentaires, il était parvenu à ses fins. Pour un motif tellement « futile », jugeait-il : l'attachement à l'autre. Une faille exploitée sans finesse, une tension montée en épingle à partir d'un besoin des plus primaires et des plus contrariés en prison : les femmes. *N°1* était en couple depuis l'adolescence. Faible toutou. Il vouait un culte à sa compagne et à la supposée solidité de leur lien. Faible compagnon à quatre pattes. Il était caricatural, dégoulinant et dévoué à sa maîtresse.

Un faible *chien*.

Prédateur lui avait pourtant vendu une histoire à dormir debout. Pendant des jours et des jours, instillant le doute et la tension psychique chez son ennemi : *« Ils en veulent à ta meuf, pour t'atteindre ! »* Il lui avait dépeint le tableau par petites touches, par bribes d'informations savamment recoupées, injectant le venin à dose filée : *« Je les ai entendus, c'est après elle qu'ils en ont dehors ! »* Il affirmait avoir collecté pour lui des renseignements, des chuchoteries, des rires sous cape, renforçant la confiance que l'autre lui portait : *« Ils te tiennent par les couilles, mon pote ! »* Il avait soi-disant forcé les confidences. Les avait obtenues, disait-il, avec habileté ou sous la menace. L'autre le remerciait pour cela, l'écoutait. Le rapport de force s'était inversé :

« Tu dois la défendre ! »

Puis, le plus basiquement du monde, il avait ensuite appuyé là où ça faisait mal. Il avait piétiné, défloré, arraché le Narcisse. Perturbé, insomniaque, reclus dans sa cellule, *N°1* s'était mû en jouet docile, puis en bombe à retardement : *« Fais-toi respecter, merde ! »* Sa virilité en question : *« Un leader n'est jamais impuissant ! N'est-ce pas ? »* Sa force et son honneur mis en doute : *« Le boss, il balaie les problèmes !* » On demandait à présent des preuves de son intelligence : « *Un chef ça anticipe, ça devance ses rivaux ! Pas vrai ?* »

« *Fais-toi craindre, explose-les bon sang !* »

Et la bombe avait explosé…

Dents cassées. Œil crevé.

Peine prolongée. Direction le mitard.

XXI

Mercredi 9 décembre 2015 - 15h21.

La dernière visite d'Amine avait été très courte.

Juste se signaler, laisser là un peu d'espoir, réaffirmer un repère dans un quotidien devenu si confus, sans perspective. Comme on couvre une casserole de lait sans avoir pris soin d'éteindre le feu, les tranquillisants laissaient couver une fine ébullition au fond de Régis.

Un risque. Amine le savait.

Il n'était pas soignant, il pouvait se permettre de s'apitoyer sur les difficultés de son ami, de jurer contre ce fléau ou ces saletés de pilules. Mais il ne faisait aucun angélisme. Il avait vu jusqu'où la maladie pouvait aller. Pourtant, sur le plan éthique, on ne devait pas non plus priver à vie un être humain de sa lucidité, fût-elle partielle et instable. Le traitement allait être allégé.

L'inhibition totale dans laquelle se trouvait Régis début décembre avait dû se lever. Amine avait donc promis de revenir une semaine plus tard, quand son ami se sentirait mieux, serait plus présent, davantage « parmi nous ». Régis en avait besoin. Et puis il ne faisait jamais cours le mercredi.

Ainsi, ils se promenaient en cet après-midi du 9, marchant lentement pour prolonger le moment. Le vent qui soufflait fort sur l'automne agonisant les retenait aussi dans leur progression. Partout dans le sous-bois, cette entêtante odeur de moisissure sucrée… C'était tout de même une belle journée, douce sans être agréable. De celles qui accordent un semblant de répit entre deux dépressions. De celles aussi dont on apprécie le « ciel de traîne » pour ses contrastes irréels après des semaines de gris uniforme. Une manière de se convaincre que la vie et la lumière subsistent, « au-delà ».

Quoi qu'il arrive, continuer d'y croire.

« Les gens libres ne pourraient jamais concevoir ce que les livres représentent pour les gens cachés. » avait dit Anne Frank. En cet instant, assis sur la souche où ils faisaient toujours halte, partageant une oreillette avec Amine, Régis percevait viscéralement ce que la petite enfant juive persécutée avait voulu dire en écrivant ces lignes, cachée alors dans son grenier, attendant fébrilement que la fatalité s'accomplisse. Sans peur, qui s'était évaporée dans la lenteur des jours qui succédaient aux jours. Sans naïveté, ni la crainte d'un avenir compromis depuis les premiers temps de la guerre. En

quête de sens et de ressentis, comme lui. Du vide à combler, un besoin de complétude.

« Et comme tu l'as dit : "Parfois, on devrait simplement

ne pas savoir, ne pas demander".

On m'a précipité dans ce Monde

sans une chance de voir vraiment.

Oh ça a toujours été tellement "sur le fil".

Je me suis même vu bouger les jambes

juste pour m'assurer que je le pouvais encore,

me disant que j'allais manquer de temps.

Maintenant j'ai juste à attendre

et à maudire chaque jour. »[10]

La musique avait la même vertu que les livres, ce même don exquis. Tel un drogué retirant l'aiguille de son bras, Régis appréciait le shoot, immodérément. Écouter ces sombres poèmes, vibrer aux saillies écorchées ; cela mettait des mots sur les choses. Telles que celles qu'il vivait lui-même. C'était une manière de s'ancrer dans le réel, dans une communauté de destin avec le reste de l'Humanité. Il n'était plus le seul…

---

[10] *« And like you said : "sometimes you just shouldn't know, shouldn't ask". I've been rushing through the world without a chance to really see. And oh, I've been so touch and go. I find myself moving my legs to make sure I still can, telling myself I don't have time. Now I'll just wait and curse the day. »* - Pianos Become The Teeth, « Lesions».

…peut-être pas le pire.

Étonnamment cela lui faisait du bien, lui était indispensable. Comme souvent, ils parlaient peu mais se comprenaient. Régis savait par exemple qu'Amine avait été très touché par les attentats. Pas besoin de se perdre en conjectures. Dans l'intonation de sa voix, dans la tristesse de son regard, il avait compris.

- Tu vis dangereusement Régis, faut oser se montrer en public avec un arabe en ce moment !

- Tu es Kabyle, non ?

- Oui… répondit Amine en perdant son demi-sourire. Enfin tu vois ce que je veux dire, ici t'es basané, donc t'es arabe, donc musulman pratiquant, donc extrémiste… Bref tout ça me rend nerveux tu sais ?…

Régis ne réagit pas. Pour Amine aussi cette flânerie était un moment d'apaisement en pleine période tourmentée. C'est tout ce qu'il y avait à comprendre… Avant de se quitter, ils avaient un peu évoqué les élections du week-end. Légalement, depuis 2007, Régis avait récupéré son droit de vote. En théorie… En pratique cela restait très compliqué pour une personne sous tutelle de s'exprimer dans les urnes. Il n'avait jamais voté. La culture du choix n'était pas une évidence quand on vivait la suspicion et la persécution au quotidien.

Après l'échange MP3, notamment de nouveautés, puis l'accolade et la promesse d'une visite prochaine, ils s'étaient dit au-revoir. Amine s'était éloigné vers sa voiture, avait mis le contact et s'était enfuit de cet Enfer. Il en avait le pouvoir, le privilège. C'était un magicien, un berger céleste…

Régis eut soudain la puissante envie de courir.

L'idée n'avait pas germé dans sa tête, elle venait de pousser d'un coup, sans prévenir. Mais… *« Si un contemplatif se jette à l'eau, il n'essaiera pas de nager, il essaiera d'abord de comprendre l'eau. Et il se noiera. »*[11] Et il en allait de même pour la liberté…

Il eut peur. Médusé. Immobile.

Ses jambes ne bougèrent pas. L'impulsion avait été forte, nouvelle et déstabilisante, mais pas motrice. Quand, après quelques instants infinis, là à l'entrée du parking, il esquissa un mouvement, se fut pour se diriger vers les rondeurs familières de l'Unité 5.

Régis n'était pas encore prêt à quitter sa matrice.

---

[11] Henri Michaux, « Le portrait de A » dans *Plume*, 1938.

XXII

Mercredi 9 décembre 2015 - 16h08.

Comme la proie feint la mort pour être épargnée.

En se retournant, elle avait senti son cœur se serrer, empoigné par une main glaciale prête à le lui arracher de la poitrine… Ne pas faire un mouvement. Pendant près d'une interminable minute. Jusqu'à la fin, elle s'était préparée au pire. Il allait bondir, la poursuivre, abuser d'elle peut-être. Tétanisée, elle n'aurait pas pu fuir.

Puis, faisant finalement demi-tour, il était rentré à la niche.

L'*Étudiante* ouvrit sa voiture, jeta son sac à l'intérieur, et s'effondra sur la banquette arrière. Tant pis pour cette fois, le footing attendrait demain. Depuis le début du stage, quand on lui assignait l'horaire 8h30-16h, elle avait pris l'habitude de profiter de la dernière heure de luminosité pour aller courir dans la campagne environnante. Une boucle de plusieurs kilomètres qui partait du parking de l'hôpital et s'aventurait dans les vallons alentour, les quelques ruisseaux gonflés et les bois frileux qui cernaient l'établissement.

Contrairement aux fois précédentes, elle s'était changée dans le vestiaire du service, craignant la fraîcheur. Venue déposer le reste de ses affaires à sa voiture, elle était sortie de l'Unité 5 en tenue de sport flashy, « idéale pour être vue ». Et qui moulaient ses formes enviables…

Il avait dû la mater.

« A-t-il été déçu cette fois ? » se surprit-elle à penser. Lui qui se promenait presque chaque jour dans le parc arboré de l'hôpital, sans doute avait-il remarqué qu'elle se garait toujours au même endroit sur le parking quand elle prévoyait d'aller se dépenser après le stage. Une place dans un coin, bordée d'une épaisse haie de lauriers, pour pouvoir changer de vêtements à l'abri des regards. Un abri tout relatif…

Déboutonner, glisser, ôter son jean entre deux portières. Vitrées… Se pencher, puis rouler, étirer et enfiler le collant en polyester le long de ses jambes halées. En nouer le lacet fluo… Puis, tournée, ou parfois de trois-quarts, dénuder son dos, découvrir ses fins omoplates tatoués et ses épaules un instant… Passer le débardeur en élasthanne, l'ajuster sur son ventre plat, et y loger ses seins lourds, galbés en un geste innocent… Enfin, relever les bras prestement, arranger ses cheveux d'or en queue de cheval, et découvrir alors sa nuque duveteuse, à la couleur de lait…

L'avait-il désirée, planqué ici ou là, derrière un buisson ?

La peur qui l'avait submergée un instant s'était retirée. Le ressac émotionnel avait couvert sa peau de sel et son esprit d'une tension délicieuse. L'*Étudiante* savourait une… « emprise ». Et elle s'en voulut d'abord. Mais cela avait toujours été si facile de plaire, de séduire, de faire languir, de s'offrir, de se désoffrir, de lécher et de mordre aussi… Puis de jeter, et de faire souffrir avant de souffrir soi-même. C'est ce qu'elle connaissait du haut de ses vingt ans. Cette vibration malsaine n'était pas de l'amour, mais elle n'en savait rien…

Régis l'avait regardée de longues secondes toute à l'heure, elle en était sure. De l'autre coté du parking, il avait comme toujours l'air ailleurs, perdu dans sa tête. L'œil torve et vitreux à la fois. Mais elle l'avait bien vu se raidir à un moment. Pour quelle raison, sinon la seule qui vaille dans pareille situation ? Il n'avait pas dû en avoir pour son argent cette fois…

- Gros pervers !

Et si elle se faisait des idées ? Avait-elle rêvé ? Comment allait-elle se comporter après ça ? Devait-elle en parler à Sandrine ? Et de quoi d'ailleurs ? C'était un non-événement, n'est-ce pas ? Que s'était-il passé au final, si ce n'est une attitude suspecte de la part d'un dingue dont on ne s'étonnait plus guère des nombreuses bizarreries. À coup sûr, cela lui créerait du tort. Les gens diraient qu'elle avait été *« inadaptée »*, qu'elle l'avait provoqué. On la suspecterait même d'en avoir tirer un certain plaisir, au minimum de la flatterie. Et si on ne le disait pas, du moins le penserait-on. Ce serait colporté.

Jalousies.

On faisait toujours payer aux femmes désirables leur prétendue inaccessibilité. Elle en avait souvent fait l'expérience, surtout dans son patelin merdique. Un trou paumé en pleine campagne, peuplé de « bas du front », pour qui elle représentait, au mieux, une tête de bétail bonne à primer… au pire, une pouliche à saillir.

Pour l'heure, ces rebondissements mettraient un peu de piment dans le quotidien d'un stage auquel elle ne comprenait rien ou presque… Même s'il suscitait en elle de nombreuses ambivalences, l'*Étudiante* savait qu'elle ne pourrait pas renoncer au fantasme que venait de faire naître Régis. Mais elle ne craignait rien, pensait-elle…

…Elle menait la danse.

XXIII

Mercredi 9 décembre 2015 - 16h21.

Régis s'était rendu directement à sa chambre.

Même si une infirmière l'avait vaguement appelé… En rentrant dans l'Unité 5, il l'avait entendue de loin l'enjoindre à venir prendre un goûter avec le reste des patients. Il ne lui avait pas prêté attention, il n'avait pas pu. Claquant les portes, pestant le regard sombre, la colère froide ; il en avait contre lui-même. Pauvre tâche ! Que croyait-il ? Qu'il était dans un camp de vacances ? Qu'il pouvait envisager de quitter les lieux comme ça, de son propre chef ?

« Imbécile ! Tu te serais fait rattraper illico ! »

Le portail d'entrée était en effet gardé de 8h à 20h, la plupart du temps par un bonhomme à képi qui avait toujours l'air de s'ennuyer ferme derrière ses lunettes en demi-lunes. Penché sur son éternel magazine de jardinage ou de femmes à poil, il levait la tête à chaque passage, les sourcils arqués, l'air blasé comme un ruminant au bord d'une autoroute. Et puis il y avait les sirènes d'alarme, les passants délateurs, les équipes accourant, l'affolement et la peur… Quitter l'hôpital était impossible le jour…

« La nuit par contre, entre deux rondes de vigiles… »

Régis se frappa le front. Pourquoi ces questions l'assaillaient-elles maintenant ? Il n'avait jamais été question de s'aventurer à nouveau dans le « vrai Monde ». Pas dans son état, pas avec ces craintes et ces voix infernales dans la tête. Les visites d'Amine l'avaient toujours calmé. Pourquoi cette fois-ci son ami le laissait-il sur les nerfs ? Qu'est-ce qui avait fait germé ça dans sa tête ? Quelle était la perturbation ? L'élément nouveau, la provocation, le stimulus ? Un instant il se dit que si c'était tout ce que lui apportait la récente baisse du traitement, il préférait retourner à sa cage chimique. Le cachot neuroleptisé qui lui assurait une sécurité maximale. Aucun choix, aucune guerre à mener, aucune liberté d'être, de choisir, de décider pour soi…

L'angoisse montait.

Régis sortit de sa chambre et alla réclamer son traitement d'appoint. Cinquante milligramme de *Cyamémazine*. Cinquante gouttes de réconfort dans un gobelet en plastique. Un apaisement amer et à la couleur de pisse. L'infirmière ne lui posa aucune question. Elle savait. Il s'assoupit alors une petite heure sur son lit.

« Alors tu penses pouvoir trancher :

"Paradis ou Enfer" ?

Distinguer le ciel bleu de la douleur ?

Saurais-tu si c'est là

une verte prairie ou un froid rail d'acier ?

Un sourire ou un voile ?

Penses-tu pouvoir le dire ?

T'ont-ils amené à vendre tes héros pour des fantômes ?

Des cendres chaudes au prix des arbres ?

L'air tiède contre une brise glacée ?

Une maigre consolation au lieu du changement ?

As-tu renoncé à marcher sur le champ de bataille

pour un rôle principal dans une cage ?

Comme je souhaiterais,

comme je voudrais que tu sois là.

Nous ne sommes que deux âmes perdues,

nageant dans un bocal, année après année,

courant sur la même vieille terre.

Et qu'avons-nous trouvé ?

Les mêmes vieilles peurs.

J'aimerais que tu sois là. »[12]

***

À son réveil, peu avant 18h, Régis comprit…

Il l'avait vue sans la regarder… Tout à l'heure, de l'autre coté du parking, pendant qu'il était là, paralysé après le départ d'Amine… Son esprit l'avait perçue sans qu'*Elle* ne suscite une quelconque pulsion, la plus petite envie, la moindre libido… Il venait pourtant de la revoir en rêve… Il l'avait déjà vue. Il la voyait maintenant. Qui le fixait, insistante, depuis des jours, attendant qu'il réagisse… ou bien qu'il régisse plutôt ?… Oui ! Que Régis « régisse » à nouveau sa vie ! Qu'il traverse son désert aride et sans dunes, ce « reg », qu'il remonte à la

[12] *« So, so you think you can tell Heaven from Hell, blue skies from pain. Can you tell a green field from a cold steel rail ? A smile from a veil ? Do you think you can tell ? Did they get you to trade your heroes for ghosts? Hot ashes for trees ? Hot air for a cool breeze ? Cold comfort for change ? Did you exchange a walk on part in the war for a lead role in a cage ? How I wish, how I wish you were here. We're just two lost souls swimming in a fish bowl, year after year, running over the same old ground. What have we found ? The same old fears. Wish you were here. »* - Pink Floyd, « Wish you were here ».

surface, s'échappe enfin de sa cité engloutie, sa « ville d'Ys »… « Reg-Ys »…

« Régis, le Roi !».

Trop ensuqué, centré sur lui, il n'avait pas accordé d'importance aux messages qu'*Elle* lui adressait. Mais c'était pourtant évident ! *Elle* était à la fois nulle part et partout dans le service depuis sa sortie d'isolement. Était-*Elle* pour quelque chose dans son instabilité actuelle ? La cause de ses tracas ? Une sirène ? Une Parthénope tentatrice ? Un démon qui causerait sa perte ? Dangereuse succube. Ou un ange blond à la pureté virginale ? Une messagère venue lui annoncer sa libération prochaine ? Une Cassandre qu'il n'avait pas crue jusqu'alors ?…

Sa pensée perdait sens, rompait le fil, intarissable, elle diffluait à présent. Ses idées s'accéléraient, métastasaient, s'enchaînaient sans ordre, discordance anxiogène… Le regard vague, le geste ingouvernable, Régis se dirigea vers le petit cabinet de toilette intégré à sa chambre. Il se regarda dans le miroir. Quelque chose naissait, renaissait dans son bas-ventre, gonflait comme un flot abondant, comme un barrage rompu. Empoignant sa virilité retrouvée, Régis choisit :

…*Elle* serait sa Muse.

Il se masturba. Pour la première fois depuis des années. Un éclair sans extase dans un azur de plomb. L'acte frénétique, à la jouissance douloureuse, le laissa coupable et piteux. En larmes. Il lança soudain son poing dans le miroir, fendant son image en dizaines de morceaux dissociés. Il frappa encore. Puis, effondré au sol, aux abois, il releva la tête. Ses yeux parcoururent sa chambre. Il guetta par la fenêtre la nuit noire, l'avenir d'encre. Il chercha une lueur rassurante. La Lune n'était pas encore levée. Puis, s'emparant d'un éclat tombé à terre…

…il entreprit de se donner la mort.

XXIV

« Saisissante, je le jure, tu m'as braqué d'un regard.

Tu as retenu chacun de mes souffles (…),

mis le feu à mon visage,

séduit un amour changé en douleur.

Puis tu m'as laissé comme tu m'avais trouvé.

Nous étions finis dès le début. (…)

Certains disent que l'amour est un temps,

et nous l'avons passé ensemble.

En vérité, l'amour est un endroit,

nous n'étions que circonstances.

Impérieuses, j'en ressens presque l'urgence.

Je le savais bien, mais je m'en fichais.

Je crois que je sentais plus en toi

que je ne l'aurais souhaité.

Tu m'as sculpté à ta main, rigide,

et je te déteste pour ça.

Tu étais tout ce que je désirais la nuit.

Tu étais un rêve, puis la lumière est venue.

J'ai perdu ce que je voyais en toi,

à travers ces sombres fenêtres.

Envoûtés par les rais de Lune

sur les murs de ma vieille chambre,

nous ne faisions qu'un alors. »[13]

---

[13] *« So striking. I swear you leveled me with a look. Reminded me of my breathing patterns (…), set fire to my face, seduced a love to grief. And left the same as you came. We were based on an end. (…) Some say love is time I helped you pass. Love is location, we were just circumstance. Could almost smell the must, the urgency. I knew better. I just didn't care. But I think that I felt more inside you than I would have liked. You carved me rigid, and I hate you for it. You were everything I wanted at night. You were a dream, but come light. I lost what I saw in you through those somber windows. We were addicted to the moon light lines in my old room, and I couldn't tell us apart. »* - Pianos Become The Teeth, « Shared bodies ».

XXV

Jeudi 10 décembre 2015 - 5h58.

N°2 fulminait…

- C'est ta faute, fils de pute, souffla-t-il de son haleine d'outre-tombe.

Il avait attendu le petit matin, après la dernière ronde de nuit, pour régler ses comptes avec *Prédateur*. Son comparse depuis plusieurs mois avait perdu la raison la veille, se jetant dans la gueule d'un loup qui n'attendait que cela pour mettre à mal tout le trafic de la coursive B. L'administration, manquant d'argent autant que de courage, avait adopté cette tactique ancestrale de tout pouvoir spectateur : attendre que les perturbateurs s'entre-tuent.

Prédateur s'y était préparé. Sur sa couche, il ne dormait que d'un œil. L'autre guignol allait vouloir contre-attaquer, c'était évident. Le suiveur demeuré qui avait, contre toute attente, obtenu une position que ses capacités mentales n'auraient pas dû lui permettre d'espérer. Il avait perdu gros dans l'affaire… *N°2* s'était faufilé en douce vers le mur opposé. Il avait fabriqué un poinçon de fortune avec un stylo à bille taillé patiemment. Lentement, il s'était glissé, se pensant indétectable, se prenant pour un *chien* d'arrêt en pleine traque…

C'était méconnaître les griffes du *félin*.

Prédateur eut la furieuse envie de bondir tout de suite, et de le saisir à la gorge, et de serrer, et d'entendre craquer son larynx, et de le voir hoqueter, et baver, se violacer et mourir dans un ultime frémissement. La peur dans les yeux. Mais il y avait d'autres moyens, moins dangereux, moins délétères pour son image de détenu rangé, sans histoires, assuré d'une libération conditionnelle.

Il le laissa faire, approcher, déterminé. Il le sentit se fléchir au-dessus de lui, attendre une respiration, puis deux, pour s'assurer qu'il allait surprendre son adversaire dans son sommeil. Il devait se sentir si fier de lui, plus malin que tous pour une fois, omnipotent. Il était au contraire sans défense…

- Sale bâtard, il aurait jamais dû t'écouter… ajouta-t-il en apposant la pointe de plastique sous l'oreille du *chat* aux yeux mi-clos.

Les griffes acérées surgirent instantanément.

Dans la pénombre, les deux doigts arqués, infaillibles, trouvèrent leurs cibles. Aveuglé, *N°2* eut un mouvement de recul réflexe, lacérant au passage la joue de son ennemi, avant de tomber à la renverse. Sur ses pattes en un saut, *Prédateur* reprit le dessus. Ses prunelles irradiaient dans la nuit, l'ire se répandait dans ses veines à mesure que le sang poisseux maculait la moitié de son visage. Un affreux rictus déformait sa face encore croûtée. L'autre gémissait, mains sur les yeux, il implorait déjà, la queue basse. De sa vision troublée, la couardise s'écoulait en larmes épaisses.

- Écoute-moi bien. Ton pote, il s'est fait ça tout seul. Vous êtes deux impulsifs, incapables de vous assumer. Je suis pas votre mère, la prison c'est pas le jardin d'enfants. Votre petit business de camés, j'en ai rien à foutre. Quant à ce que tu viens de faire mec, je vais te faire passer l'envie de te croire plus malin que moi ! Compte là-dessus…

Prédateur le fixa un instant encore, pour se régaler de ce qu'il lisait dans ses globes larmoyants. Entre ses mains, les vaisseaux battaient au rythme de la peur. À nul autre pareil. Désormais à sa merci, comme un cheval sauvage débourré avec fermeté, comme un *chien* reconnaissant pour le collier qu'on lui impose ; *N°2* ne contesterait plus l'autorité supérieure. L'étau se desserra autour de son cou…

…et le *clébard* indiscipliné retourna à son panier.

XXVI

Jeudi 10 décembre 2015 - 8h46.

Elle en avait pleuré toute la nuit.

Depuis ses entrailles, de tout son cœur, Sandrine s'en voulait de n'avoir rien vu venir. De n'avoir pas été « là », pour lui, comme toujours disponible et vigilante. Elle n'avait écouté le message que la veille au soir, en rentrant d'un vernissage chiant à mourir : Régis s'était sauvagement mutilé le thorax.

En repos jusqu'à la fin de la semaine, le besoin de venir jusqu'à l'hôpital avait pourtant été plus fort. Elle voulait comprendre. Mais une fois sur place, sur le seuil de la chambre plongée dans l'obscurité, elle n'avait pas trouvé l'explication espérée. Selon les collègues, Régis avait simplement vécu une des transes qui le possédaient parfois sans motif ou facteur déclenchant.

Paréidolie, apophénie.

Un concernement délirant, des interprétations pathologiques ; le Dr D'Arc y mettrait des mots savants. En vérité, il penserait à sa carrière avant tout le reste, et assurerait qu'il *« le leur avait bien dit »*… Régis lui, s'était sévèrement écharpé. On craignait même un poumon perforé parmi la dizaine de « plaies punctiformes ». Il avait perdu pas mal de sang à cause des anticoagulants qu'il prenait au long cours, mais aucune blessure n'était réellement grave. Il s'en sortirait. Le bruit avait alarmé rapidement le patient de la chambre voisine, et les renforts étaient intervenus.

Sans en parler à personne, malgré l'heure tardive et peut-être en trahissant le secret professionnel ; Sandrine avait eu besoin d'appeler Amine. La seule « personne ressource » de Régis, le dernier pensait-elle, à l'avoir vu avant la crise. Que s'était-il passé ? Leur promenade rituelle avait-elle été marquée par un quelconque événement ? Un désaccord ? Une dispute ?

- Non, rien de particulier, avait-il assuré, au contraire, il m'a semblé plus présent qu'il y a huit jours. C'était presque moi le plus perturbé des deux… L'état d'urgence, le vote FN, les policiers devant les supermarchés… On a parlé du contexte, des attentats, un peu de politique… Vous savez, ça l'intéresse toujours, l'extérieur, même s'il en est coupé… Ça le raccroche à la réalité… Il est curieux… Non vraiment, rien de spécial, un peu de musique, et puis il m'a raccompagné à ma voiture…

Rentrée chez elle bien après minuit, elle avait ensuite subi sept autres heures d'angoisse lentes et solitaires…

***

Sandrine remontait à présent le cours d'un ruisseau glacé dans l'aurore rougissante, enrubannée de brume. Elle allongea sa foulée. Contractant ses abdominaux, poplités et gémélos au supplice, poumons asphyxiés, elle sentit l'arôme ferreux du sang venir polluer sa gorge. Surrégime. Pourtant, elle augmenta encore le débit sanguin et le volume sonore au-delà des limites. Elle voulait se faire mal. Se punir…

« Nos cœurs étaient invincibles

tandis que nous clamions ces chansons

sur l'amour et le regret,

la distance et la perte, le chagrin et l'échec.

Et j'entends encore ces anges,

mais tu es parti depuis longtemps.

Maintenant, ils entonnent un chant funèbre,

énumèrent tout ce que j'ai pu faire de mal.

Je voudrais juste revenir à l'époque

où nous n'avions pas à nous saouler

pour trouver le sommeil,

aux âges où nos rêves ne pesaient pas sur nous,

aux temps où nous ne pensions pas simplement

à survivre à chaque jour. »[14]

Vidée, en nage, elle resta un moment à chercher sa respiration, appuyée contre un arbre longiligne. La nature l'observait. Défaite, seule et fautive. À la lisière de la forêt la grande comédie de la vie reprendrait. Mais ici, seule avec elle-même, dans ce nulle part cerné de témoins cachectiques, elle crut un instant perdre pied. Tête baissée entre ses bras tendus, Sandrine serra les mâchoires, réprimant le malaise qui sourdait… Elle devait se maîtriser, s'accrocher aux branches. Elle ne pouvait pas « coller » autant au sort de Régis, elle devait « prendre de la distance », gagner en cynisme et… s'en foutre, *« merde ! »*

- Putain d'taré !…

---

[14] *« Our hearts were invincible while we sang songs about love and regret, distance and loss, heartache and failure. I still hear angels, but you are long gone. Now they sing a funeral song telling of all I did wrong. And I just want to go back to when we didn't have to drink ourselves to sleep, back to when our dreams didn't weigh us down, back to when each day didn't feel like something we just survived. » -* The Saddest Landscape, « Declaring war on nostalgia ».

XXVII

Lundi 14 décembre 2015 - 16h55.

Une couleur nausée dans la brunante ennuagée.

« Conduis-moi à travers la ville,

tout au long de la nuit,

à regarder les lignes blanches nous dépasser. »[15]

Les gouttes douchaient le pare-brise poisseux, chassées par les balais en cadence. Sa respiration s'était calée par saccades sur le rythme régulier des traits de peinture bordant la chaussée ; comme la traduction en morse de son état d'éveil depuis près de cinq jours. De virages bringuebalants en démarrages abrupts, de départementales rectilignes en boulevards urbains…

---

[15] *« Let's drive around town, all through the night, watching the white lines pass us by. »* - More Than Life, « Seasons change ».

…l'ambulance le ramenait à l'EPSM.

« Parlons donc de ces nuits sans sommeil,

et de ce temps où l'on se sentait

plus vivant à l'intérieur. »[16]

Depuis sa prison mentale, aux murs de coton, Régis recommençait à palper, humer, entrevoir son environnement. L'intérieur du véhicule, le brancard où on l'avait ceinturé, les douleurs persistantes, pour chaque plaie recousue sur son torse… Et Sandrine qui se montrait pensive, le regard perdu dans le hublot. Les reflets diffractés de la signalisation au-dehors coloraient son visage moucheté, parsemé de larmes de pluie…

« Peut-être que ce n'est pas

la première fois qu'on t'abandonne.

Mais ce pourrait bien être la dernière. »[17]

Craint autant qu'apeuré, occupant toutes les pensées et pourtant seul au Monde ; *« le HO de la chambre du fond »* avait passé son séjour à l'hôpital général, service traumatologie, attaché aux quatre membres. Une autre prison, de cuir et d'œillets métalliques. Une prison réglementaire aussi, surveillé

---

[16] *« Let's talk about those sleepless night we had and when we used to feel more alive inside. »* - More Than Life, « Seasons change » (suite).

[17] *« And maybe it's not the first time you've been let down. And maybe this time could be your last. »* - More Than Life, « Seasons change » (suite).

qu'il était, continuellement, par un infirmier psychiatrique détaché des services spécialisés.

Et où était Sandrine alors ?…

« Je sais comme je peux être égoïste parfois.

Je n'ai pas pu m'empêcher de remarquer

le jugement dans ton regard accusateur. »[18]

Lui en voulait-elle ? Elle ne lui avait pas adressé la moindre parole depuis leur départ, elle n'avait pas cherché à comprendre, à ce qu'il se livre, verbalise, lui explique son geste. À elle et à personne d'autre. Comme depuis tant d'années. Il la sentait différente… Avait-elle été touchée, inquiète pour lui ? Lui avait-il fait du mal ?

Schizophrène égocentrique…

« Ça me rend malade.

À travers les fenêtres des maisons et des hôpitaux,

dans chaque rue de chaque ville,

n'importe où, de toutes les manières,

je me remémore ta présence. »[19]

---

[18] *« I know sometimes I can be selfish, can't help but notice the judging look you give me through your blinding eyes. »* - More Than Life, « Seasons change » (suite).

[19] *« So sick of staring through the windows of homes and hospitals, every street of every city somewhere, somehow reminds me of you. »* - More Than Life, « Seasons change » (suite).

Émergence en sursis…

Régis se sentait flotter aux lisières d'un état de vigilance feutrée. Un confort précaire, borgne et oppressant. C'était sa malédiction, cette soif de vrai, de réel, et pourtant cette incapacité à l'appréhender autrement qu'à travers un miroir déformant.

« Je ne peux même pas penser,

et mon cœur souffre encore.

Ça devrait être évident,

ce qui a mal tourné, évident…

Mais les choses ne sont

tout simplement plus les mêmes. »[20]

Pour Régis, cela n'avait pas été une tentative de suicide. Il avait juste voulu arrêter « ça », ce qui s'était « mis en branle », l'emballement incontrôlable… Ce n'était pas la première fois qu'il se mutilait ainsi. Il y a longtemps, à vingt ans, après sa première bouffée délirante, il s'était aussi infligé des blessures. C'était différent alors : il avait voulu « se ressentir », « se vérifier ». Dans la perplexité qui avait suivi la crise psychique, il avait eu ce besoin, recherché cette douleur physique qui transcende, concrétise et soulage… À l'époque aussi il avait frôlé la mort. Et par la suite, les

---

[20] *« I can't even think straight and my heart still aches. It should be obvious what went wrong, obvious... but things just aren't the same. »* - More Than Life, « Seasons change » (fin).

transfusions avaient activé d'autres inquiétudes. Après tout, on lui avait donné le sang d'un autre ! Peut-être de plusieurs autres ? Du « liquide de vie », comme on graisse un moteur, comme on recharge des accus. Mais ses batteries à lui avaient peut-être été carrément « changées ». Par qui ? Avec quel objectif secret ?!…

Par ailleurs, chez lui le risque de complications était majeur quand les symptômes psychiatriques imposaient ainsi une immobilisation de plusieurs jours. La thrombose, la phlébite, l'embolie pouvaient survenir à tout moment.

Régis coagulait de l'intérieur.

Depuis sa naissance, il caillotait spontanément. Lui l'être flottant, la personnalité vaporeuse, sans consistance mentale, prenait corps et « précipitait », tel un réactif dans un tube à essai… Il y avait forcément une explication derrière tout cela. Une mauvaise fortune. Une grande équation…

« Marcher seul dans les rues ce soir,

et ne rien craindre.

Choisir d'aimer ce que nous sommes dans cette vie,

et briller plus fort.

Ne pas laisser les croix et les dollars,

ces symboles de la cruauté de l'Homme,

vous faire penser que vous n'êtes pas réels.

Et pendant ce temps, marcher,

sortir de l'ombre.

Voyez ces lignes tracées à la craie,

autant d'avertissements si sortez des limites

dans l'ombre des villes-labyrinthes…

Essayer et se battre. Pour des jours meilleurs. »[21]

La piste avait changé dans son précieux lecteur audio. Le fluide sonore - quoiqu'il pût charrier - s'écoulait toujours entre ses oreilles…

…il était donc en vie.

---

[21] *« Walk alone on the streets tonight and fear nothing. Choose to love what we are in this life and shine brighter. Don't let the crosses and dollar signs, the symbols of man unkind make you feel that you're not real. All this time walk out. Out of the shadows. We see the lines in chalk. The warning sign for where we walk in the shadows of the cities maze... To try and fight for better days. »* - Strike Anywhere - « Chalkline » (acoustic).

XXVIII

Lundi 14 décembre 2015 - 19h54.

Elle n'avait rien dit. Surtout pas.

L'*Étudiante* avait pourtant été abasourdie par la tournure des événements. Elle avait constaté les dégâts le jeudi matin. Du moins les lui avait-on décrits. La fin de semaine s'était ensuite déroulée de manière robotique. Troublée, elle avait eu du mal à se concentrer, à trouver le sommeil ce week-end, à penser à autre chose…

Régis venait de rentrer ce soir.

En le voyant passer la porte, emmené jusqu'à sa chambre sur un brancard, le teint gris, le regard fixe, elle avait senti son cœur tambouriner. Ses propres émotions l'étonnaient. La souffrance des gens la bouleversait, partout autour d'elle. Ce service l'oppressait. Mais ce n'était pas tout… L'impunité l'avait piquée au vif. Elle se savait maintenant assoiffée de noirceur et d'extrême.

Plus curieuse que jamais…

Au staff, plus tôt dans la journée, avant que Sandrine ne parte chercher Régis en ambulance, le ton était monté. Le Dr D'Arc n'avait pas manqué de rappeler ses réserves quant au récent allègement du traitement sédatif. Ambiance tendue, rancœurs tenaces et antécédents personnels avaient cependant abouti à un compromis. Les collègues de « psychiatrie de liaison » avaient en effet vu le patient à plusieurs reprises pendant ses soins en traumatologie, et ils s'étaient montrés plutôt rassurants. Selon eux, la crise, certes aiguë, était passée :

« Bien que peu mentalisé, le geste est critiqué. Il ne subsiste pas d'idéation suicidaire. Le vécu délirant paraît relativement mis à distance. »

En réintégrant l'Unité 5, Régis ne serait donc pas admis en chambre de surveillance, *stricto sensu.* Il devrait en revanche rester dans le service, ne pourrait pas se promener dans le parc, ni recevoir de visites, d'ici au staff suivant, le 21 décembre. L'*Étudiante* ne saisissait pas vraiment la logique de cet enfermement à géométrie variable. En quoi le périmètre de liberté flexible allait plus ou moins contenir les passages à l'acte, limiter les coups de folie, protéger Régis de lui-même, et protéger les autres ? N'était-ce pas tout simplement une mesure punitive qui ne disait pas son nom ? Une carotte à reconquérir pour le malade, qui redeviendrait alors un « bon patient » ?

En tout cas, pour ce qu'elle en avait compris, l'*Aripiprazole*, le traitement de fond « antiproductif », n'allait pas être modifié. Pas question de tout changer avec une « fenêtre thérapeutique » avant les fêtes de Noël, ou encore d'introduire la *Quétiapine* proposée par l'interne. De toute façon le Dr D'Arc n'y croyait pas… Uniquement majorer la *Cyamémazine « en systématique »*, et continuer le traitement anti-dépresseur par *Paroxétine*. À en croire les professionnels, cette crise auto-agressive était davantage imputable à un *« raptus anxieux »* qu'à une *« construction délirante »* ou à une *« injonction d'origine hallucinatoire »*…

Noyée sous les mots « compte triple », l'*Étudiante* se dit alors qu'il ne devait exister dans ce Monde que deux types de personnes persuadées d'avoir tout compris : les fous et les psychiatres. Ils fanfaronnaient, glosaient, subodoraient et décidaient finalement du devenir d'autrui. Sûrs de leur bon droit. Pour elle, qui avait eu l'occasion de pratiquer le théâtre, tout cela s'apparentait à un grand exercice d'improvisation. Elle les voyait paniqués, elle les sentait dépassés. Ils ne manipulaient certes pas de poudre de perlimpinpin, ni ne soignaient des enfants de chœur ; pourtant elle était convaincue maintenant que tout cela n'avait qu'un but : maintenir ces deux espèces dangereuses en vase clos. Soignants autant que soignés, loin de la « vie normale », occupés à débattre et à se débattre dans les méandres de la folie.

Elle venait d'effectuer cinq semaines de stage. Il en resterait autant à son retour de vacances. Elle aurait deux semaines de congés universitaires à partir de vendredi. Quinze longs jours sans obtenir sa dose quotidienne de voyeurisme, d'élucubrations et de mesures coercitives sans aucun sens. Entre la dinde et la bûche, elle savait qu'elle y penserait continuellement.

Le champagne n'étancherait pas sa soif cette année…

XXIX

Mercredi 16 décembre 2015.

Pour lui non plus ça n'avait pas été très difficile…

Prédateur avait serré les dents, s'était rongé les ongles et mordu les lèvres, malgré la douleur que lui infligeait sa bouche à peine cicatrisée. Il n'avait pas réagi immédiatement. Et ça lui avait coûté… L'autre allait payer son effronterie. Parasite sans cerveau, inutile cafard, résidu de fausse-couche ! Il avait patienté jusqu'à voir la situation se décanter, naturellement. Constater les dégâts de ce qu'il avait créé d'une simple pichenette.

L'effondrement d'une position dominante - s'agissait-il d'un empire ou d'un réseau de petits caïds de prison - avait toujours les mêmes conséquences. D'abord on notait des fissures, déplorait des fractures, redoutait la rupture : la structure se mettait à tanguer. De dissidences en divisions : le pouvoir paraissait vacant. Le système éclaté, éparpillé, se morcelait : les appétits s'aiguisaient de toutes parts. Dès lors, entre ambitions décomplexées, défouloirs et violences débridées : les remaniements éveillaient les opportunistes.

La coursive B venait d'entrer en turbulence.

Se mettre en avant en prison imposait de jouir d'une protection. Un premier cercle, un deuxième cercle, des connexions et intérêts communs, des rétributions, une dynamique de bénéfices mutuels, une échelle de valeurs définie, et l'incarnation d'une autorité légitime. Avec la peur comme ciment. C'était la loi de la jungle. Là aussi les vieux chefs protégeaient harem et privilèges jusqu'à ce qu'un plus vaillant ne vienne leur prendre la place.

Un exil ou un cadavre était toujours exigé.

Or donc, toute l'organisation du trafic de shit du « quartier blanc » de la maison d'arrêt repartait de zéro avec la mise au cachot de *N°1*. Les alliances versatiles et les loyautés préexistantes se révélaient bien fragiles. Chacun savait en effet que *N°2*, ce grand échalas à la castagne facile, constituait plus une arme de poing qu'un successeur naturel. Sur sa branche cassante, le *chien* de prairie ne savait pas jouer à *chat* perché. Il contemplait son ancien territoire asséché et défavorable. Il était désormais dans l'impasse, sous la menace de hyènes glapissantes et de vautours tournoyant au-dessus de son cadavre en devenir. De son côté, comme un pédophile dans une cour d'école, *Prédateur*, assoiffé de revanche, n'avait eu que l'embarras du choix...

Ils l'avaient coincé dans les douches.

Plus aucun gardien ne s'émouvait des bruits incongrus, des jappements ou parfois des cris de douleur, qui s'échappaient quotidiennement des cabines. Dans la moiteur étouffante et la brume parfumée à l'aftershave bon marché, ce qui se passait dans les douches devait y rester. La sexualité en prison était bestiale et mécanique. Ni plus ni moins que les médicaments, les clopes ou les petits passe-droits, elle était une denrée marchandable, dénuée de sentiments. La prostitution des uns, la débauche des autres, le stupre et la perversité, le besoin naturel et le sadisme primal ; la prison, cette cocotte-minute, n'avait d'autre choix que de tolérer la dépravation et la torture des plus faibles. On ne pouvait pas être trop regardant, sous peine de voir la testostérone faire d'autres dégâts… Il n'avait donc pas été difficile de trouver deux ou trois mecs pour s'occuper du cul de *N°2*…

Une chose était sure : il ne rentrerait pas de sitôt de l'hôpital.

XXX

Jeudi 17 décembre 2015.

Le dais cendré du ciel continuait de dégueuler.

Régis était rentré depuis lundi soir, et voilà bientôt trois jours qu'il s'imposait la réclusion la plus totale. La mesure d'isolement avait fait débat au sein de l'équipe soignante, mais c'était finalement le patient seul qui se l'était infligée.

« M'accepter moi-même, accepter ma condition.

Éviter l'attachement et suivre ma vision.

Les changements que j'attendais ne sont jamais venus.

Mes combats d'hier, mes luttes d'aujourd'hui. »[22]

[22] *« Accepting myself, accepting my condition. Avoiding attachment and following my vision. The changes I waited for never came. My struggles of yesterday are my struggles of today. »* - Modern Life Is War - « Health, wealth & peace ».

Il ne voulait pas la revoir.

Elle devait rôder dans les parages, guetter sa réapparition. *Elle* était la cause de tout, l'oracle du changement. Peut-être la solution aussi, mais c'était trop risqué. Et il ne voulait plus prendre aucun risque. Toute sa vie, il n'avait connu que le tracas et l'hôpital… À moins que ce ne fût la même chose ?… Mais « ça », cette possibilité « d'ailleurs », ce besoin « d'autrement », cette exigence de vie, cette sève qui boue, et la soudaine incertitude pour demain… Il ne voulait plus le revivre.

Ou peut-être ne plus vivre du tout ?…

Il refusait pour l'heure de manger en salle commune et demandait systématiquement un traitement supplémentaire au moindre soubresaut mental. Dès qu'il sentait ses réflexions patauger, se corrompre, d'idée en idée, Régis s'alarmait plus que de raison. Il demandait de l'aide et était vite rassuré par la présence d'un membre du personnel : une garantie de réalité. Il écourtait ensuite ces entretiens informels, décidait du temps imparti, utilisant les infirmières comme on applique des cataplasmes apaisants sur une foutue jambe de bois.

Incurable infirmité.

Le fil imaginaire qui ordonnait si maladroitement sa psyché se tendait à chaque saut logique, manquait de rompre à chaque intuition, s'emmêlait à chaque montée d'angoisse. Sandrine était la seule à qui il acceptait de se confier, partiellement. Mais pas question de se déséquilibrer, de vaciller, d'aborder des sujets anxiogènes ou de revenir sur ce qui l'avait « décompensé » au point de vouloir intenter à sa vie. Même si c'est ce qu'elle espérait de lui. Il le savait bien, la confidence, elle en était friande…

- Comment ça va aujourd'hui, Régis ? risqua-t-elle cette fois encore, en déposant le repas.

Il ne répondit pas tout de suite. On aurait dit qu'il triait les gouttes de pluie sur la vitre, et qu'il ne pouvait interrompre son énumération avant d'être parvenu à un « chiffre rond ». Ou bien qu'il cherchait la sortie d'un labyrinthe tracé là par les traînées calcaires… Quand il se retourna, la tristesse extrême de son regard saisit l'infirmière aux tripes.

- Et toi ? Que veux-tu entendre aujourd'hui Sandrine ? Que j'vais bien ? Que j'aime toujours l'automne, ce « printemps de l'hiver » ? Tu veux m'entendre disserter peut-être ? Broder, ergoter, jaspiner ? Le Régis royal, prolixe, floride ?… Que je joue le poète maudit qui alimente tant vos fiches de transmissions ?… Mais que je voudrais crever aussi, ça tu veux pas l'entendre Sandrine, hein ?… Cette vie-là est chaque jour plus pénible, elle le restera tant que je n'aurais pas trouvé la clé, combattu la « cause du Mal », résolu la « grande équation » ?…

- Ne joue pas avec moi.

- Ah parce que tu crois que c'est un jeu ?! rugit-il, abandonnant sa posture théâtrale.

- Je sens que tu es en colère, dit-elle avec douceur. Je vois bien que tu l'es. Je ne sais simplement rien de ce que t'as en tête. Tu m'as jamais entendue prétendre le contraire… S'il te plaît, ne me fais pas payer pour ce qui te torture depuis plusieurs semaines…

Régis se tourna à nouveau. Face à lui, la fenêtre bavait, la nature suintait, rendait par avance l'hiver en approche.

- Excuse-moi. Je vais bien…

- Mais pourquoi tu dis ça ?!…

Face à son mutisme elle ajouta, les larmes aux yeux :

- Bien sûr que non, tu vas pas bien ! À quel moment j'ai perdu ta confiance Régis ? Pourquoi tu ne me dis plus rien ? Pourquoi tu me fais subir ça ?…

Il la repoussa sans brusquerie, fixant l'infirmière un instant de ses yeux brasillants, où la plus vive des fièvres couvait encore. Puis, avec toute la sincérité du monde, comme une évidence, comme un aveu aussi, il conclut :

- Mais parce que je suis fou Sandrine.

XXXI

Vendredi 18 décembre 2015.

Ingratitude.

Incompréhension.

Impuissance.

Quand on dédie sa vie au soin des autres, ces trois sentiments n'augurent rien de bon. Ils font le lit de l'usure… Pas du mauvais traitement ; celui du désintérêt. Pas forcément de l'abus ; celui du désinvestissement. Or en psychiatrie, on ne peut pas automatiser les tâches. Du geste le plus banal à la discussion la plus triviale, on doit à chaque seconde donner au patient pour prétendre recevoir en retour. C'est ainsi qu'on parvient à une certaine authenticité, qu'on collecte des informations cliniques, des indices psychopathologiques. Mais quand, à la longue, sans y prêter garde, on commence à rechercher valorisation et renforcement, baume narcissique et réassurance auprès de ces personnes abîmées par les excès, la déraison, le manque d'attention et de clarté ; alors le trouble mental vous bouffe. Pauvres hères, ils n'ont que cela à offrir.

Et Sandrine en était là de sa carrière…

Elle s'était faite avoir toute seule. Elle avait satellisé sa vie, s'était mise à tourner en orbite autour d'un corps céleste voué à sa perte : un malade. Certes il n'était pas comme les autres… Mais de professionnelle et empathique, elle était devenue compassionnelle : elle « souffrait avec ». Elle en voulait à Régis depuis hier, mais tellement plus à elle-même…

***

S'il n'était pas un grand fumeur, Régis aimait « crapoter ». Il avait toujours apprécié l'aspect oral et régressif de la cigarette, ce bâton de succion incandescent, à téter goulûment, en inhalant le brouillard et les goudrons puants. Depuis son retour de l'hôpital général, il refusait de se rendre au patio, et avait demandé à pouvoir fumer dans le recoin réservé habituellement aux personnes en isolement. Un bout de couloir en cul-de-sac qui se terminait par une lucarne oscillo-battante. Une alcôve au calme, non loin du poste de soins, où les patients instables pouvaient bénéficier, quand leur état le permettait, d'un moment de « médiation » en compagnie d'un soignant expérimenté. Et en position de fumeur passif…

Un peu malgré elle, Sandrine s'y collait souvent.

Elle empestait ensuite pour le reste de la journée, mais elle aimait aussi cet instant de vérité, parfois tendu, mais où les échanges étaient favorisés. Et puis elle ne voulait pas montrer de faiblesse, modifier ses habitudes après ce que Régis lui avait dit la veille. De toute façon elle était bien décidée à se reprendre. Doutes ou pas doutes, c'était elle la soignante, elle se devait de garder contenance. Pour son estime personnelle, et pour lui aussi…

Au changement d'équipe, en ce dernier jour de la semaine, elle avait à peine écouté les transmissions de ses collègues, se rendant presque directement à la chambre 8…

« Quand ton propre reflet

ne regarde plus en arrière.

Cette panique que tu ressens

quand tu ne sais plus ce qu'il faut dire.

Que tout le monde l'exige

et que tu voudrais simplement changer de sujet…

Car j'ai été englouti,

comme divisé en deux.

Et je ne sais plus lequel est « moi »,

ni au travers duquel je parle. »[23]

Debout dans sa chambre, mains dans le dos, semblant faussement observer l'extérieur, Régis avait encore égaré ses pensées dans les arabesques dessinées sur le plexiglas. Il avait une sorte d'obsession pour les fenêtres. Pas seulement celles de l'Unité 5. Il aimait ces étranges tableaux aux multiples niveaux de lecture, les fenêtres sales. De celles qui, par essence, reflètent l'âpreté du Monde.

« Il est maintenant clair que ce qui me retient ici

c'est ce sentiment d'échec, et tant d'autres cauchemars.

Je suis devenu blasé, et je ne peux y échapper.

Comment penser à une solution

quand je sais déjà que je la détesterai.

Cet endroit paraît meilleur vu de la vitre passager.

Ou quand on l'observe d'en haut.

Mais lorsque toute clarté est chassée alentour,

---

[23] *« When the reflection of yourself just won't look back. It's that panic you feel when you don't know what to say. When everyone wants in and you want the subject to change... Because I've been swallowed up and I've been split in two. And I'm not sure which is me and who I respond through. »* - Touché Amoré, « Is survived by ».

on est comme moins concerné par les dommages causés.

Ce n'est pas de ma faute… J'essaierai de prévenir…

Sans liens, sans racines. Je vais bien. »[24]

Depuis quelques temps, il réfléchissait sur le sens de tout cela. Sa propre image le souciait. Il se sentait extérieur à ce qui se produisait en lui, davantage spectateur. Au volant d'un véhicule hors de contrôle, quelqu'un d'autre conduisait désormais sa vie, le condamnant à regarder les événements défiler par la vitre latérale…

On frappa.

13h43, le rituel s'était installé cette semaine : l'infirmière d'après-midi débutait son service par ce « moment cigarette ». Sandrine interrompit musique et ruminations :

- Bonjour Régis.

Une fois le plateau débarrassé, ils se dirigèrent en silence vers le couloir. Mais il fallait encore passer devant la *« chambre noire »*… À chaque fois Régis retenait son souffle. Il savait qu'un patient y était enfermé ces jours-ci. Un *« grand délirant »*. Encore un

---

[24] *« It's become clear that what keeps me here is that sense of failure and other nightmares. I've become jaded and I can't escape it. The thought of settling when I know it's what I hated. This place looks better from a passenger window or when stared at from up above. But when you're chasing brightness, you'll lose concern with the damage done. It's not my fault... I'll try to call... No ties, no roots. I'm fine. »* - Touché Amoré, « Home away from here ».

qui était probablement allé crier trop fort son incompréhension du Monde dans un service public, à la gendarmerie, dans un hall de gare. Ou un clochard à la dégaine farfelue poussant un caddie rouillé, rempli de « riens », folie au vent, plume dans les cheveux, exalté, grandiloquent… Il avait vécu cela aussi en 2003… L'homme, possédé, hurlait derrière la porte, énumérant chiffres et incantations.

Sans s'attarder, Sandrine l'entraîna jusqu'au bout du couloir en angle droit. Elle referma derrière elle la porte coupe-feu, utilisée au besoin pour créer un sas. Quelques instants plus tard, clope au bec, Régis s'apaisait, inspirant à pleins poumons la fumée de mort. Cela le comblait, le remplissait.

13h56, c'est là qu'elle surgit.

- J'ai fini Sandrine, je m'en vais. Bonnes fêtes ! Et à l'année prochaine !

Régis tressaillit. Stupeur pétrifiante. Il sentit tout son être se figer. *« Elle »* ! Encore *« Elle »* ! Qui venait de franchir un seuil interdit, un espace-refuge, qui s'était introduite dans une bulle de relâchement sensée être impénétrable. Il n'y avait donc pas de sécurité ? Cette idéal qu'on nous vendait, cet absolu du *« soi en soi-même »* : c'était un mensonge, un trou noir. Il crut défaillir au fond, se racornir en surface, manquant d'imploser…

…Comme se disloquent les étoiles.

Sa cigarette glissa, inexorablement, au ralenti, entre son index et son majeur, elle chuta lentement, presque retenue par la tension cruciale du moment. Puis elle toucha terre en se disloquant, émiettant à la ronde de petites gerbes rougeoyantes… L'*Étudiante* le regarda un instant, telle la Gorgone statufiant les hommes. Elle le narguait pensa-t-il, son minois ravageur, son pouvoir effroyable…

« Pourquoi moi ? »

Puis elle referma la porte derrière elle, en une volée de cheveux diaphanes. Régis voulut bondir mais Sandrine le retint. Appuyant ses mains sur son poitrail supplicié, couvert de pansements, elle se blottit contre lui dans un réflexe protecteur, presque maternel. Son corps douloureux, plus que son esprit affolé, entendit le message : *« Ne fais pas ça ! »*. Et il stoppa son élan…

- C'était donc elle, souffla l'infirmière.

XXXII

Samedi 19 décembre 2015.

Prédateur dégustait son pouvoir.

Un vieux lion se nourrissant du travail des autres et de chaque rayon de soleil sur sa peau scarifiée par les batailles passées. Il était étendu sur son lit, seul dans sa cellule pour trois. Mis à part cette cochonnerie de lèvre bouffie, tout se déroulait comme prévu. Ou plutôt non, les choses suivaient simplement leur cours. Elles lui étaient dues. Lui ne prévoyait jamais rien de toute façon, même pas ses lendemains.

C'était un récidiviste. Un salopard et un futé. Il avait déjà connu la prison, mais systématiquement de courtes peines. La clémence était toujours de mise. Il s'y prenait tellement bien… La société et le ministère public avaient cru à chaque fois la fable qu'il avait servie : celle du marginal au grand cœur, avec quelques neurones en moins, et pas mal de circonstances atténuantes à son crédit. Il était si malin… S'il en avait des litres sur la conscience, *Prédateur* n'avait pourtant pas de sang sur les mains. Il avait toujours su déléguer les basses œuvres.

Une seule fois, le *fauve* avait laissé sa nature le dominer.

Ivre mort, un soir de janvier 1995, il venait de se faire rembarrer par une pétasse mal baisée. Une de celles qui se pensaient trop bien pour lui, mais qui fréquentaient pourtant les mêmes bouges crapuleux. Sans ménagement, on l'avait mis dehors du bar miteux. Puis *Prédateur* avait rôdé dans le froid, zigzaguant de rues en trottoirs, trébuchant, provoquant, bousculant. Hargneux et frustré…

…putain de frustration !

Puis il l'avait aperçu là, au hasard de son errance, dans la cour d'une petite maison de ville, nichée en impasse entre deux immeubles décrépis. Il était maigre, pensif et frigorifié. Il devait avoir sorti les poubelles, ou peut-être venait-il de fumer en cachette ?… À l'intérieur du taudis, on entendait des éclats de voix et de bouteilles.

Un clapier à cas sociaux. Une cible facile.

La turgescence dans son pantalon ne l'avait pas quitté. Dans la sorgue grelottante, lui bouillonnait. Il avait surpris le gosse par derrière. Onze ou douze ans, même pas un adolescent. Un tas d'os impubère, un sac de jute, flanqué à terre aussi facilement qu'on renverse une poubelle.

Il n'y avait pas eu de lutte.

Et cela aussi avait frustré *Prédateur*. Il n'était pas un charognard, il ne voulait pas d'une proie offerte. Et il le lui avait fait payer. Accomplissant son office, pénétrant les chairs, fourrageant comme on dévase un puits fangeux, il avait frappé le crâne de sa marionnette, raclant son visage sur le ciment de la cour, lui brisant les os du nez, l'insultant sans bruit entre ses mâchoires serrées. L'écume s'était mise à couler de ses lèvres.

L'autre n'avait plus répondu.

Peut-être n'entendait-il plus alors ? *« Je te parle pauvre merde ! À quoi te servent tes oreilles, bon sang ? À rien ? »*… Puis, dans le remugle anisé de son écœurante satisfaction, l'ivresse confinant au vertige, il lui avait déchiqueté la moitié de l'oreille gauche.

Étendue sur le sol, ce soir de 1995, *Prédateur* avait laissé sa victime pour morte…

***

Soudain, la porte de la cellule s'ouvrit.

Sans s'annoncer, ni frapper, un gardien - qui se pensait malin - venait de le sortir de sa délicieuse rêverie… Peut-être un pari, du moins un excès d'audace. Il avait voulu le surprendre. Connard.

- Debout ! Emballe tes affaires *« Le Châtelain »*, t'es transféré dans une autre cellule.

N'esquissant d'abord aucun mouvement, *Prédateur* laissa son cœur retrouver son rythme normal. Il ne l'avait pas entendu approcher, ni jouer du trousseau. Il s'était relâché et avait été pris par surprise. Il détestait ça.

- T'es sourd ? Tu croyais quand même pas que t'allais rester en « VIP » encore longtemps ? ironisa le jeune gardien, ventru, au teint blafard, au poil sombre et peu fourni.

Un *chien*. Un dernier de couvée.

Prédateur se leva et lui fit face. Avec calme, fouillant l'autre de ses yeux perçants, fissurant son assurance de pacotille :

- Dis-moi l'ami, tu arrachais les ailes des mouches étant petit ?

- Hein… Qu'est-ce tu racontes putain ?… Hé j'suis pas ton pote, ok ? Je t'ai demandé de faire ton sac !

- Et moi je t'ai posé une question, insista *Prédateur*, se rapprochant encore. Humectant ses babines tuméfiées, il renifla l'haleine de la peur dans la respiration accélérée du gardien.

- Euh… J'sais pas moi… Ouais comme tout le monde quoi… Et baisse d'un ton, ok ?… Mais pourquoi tu m'demandes ça putain d'abord ?…

- Pour rien, t'inquiètes… conclut Prédateur en lui envoyant une tape amicale sur l'épaule.

Il se retourna, commençant déjà à faire son paquetage, avant d'ajouter toujours de dos :

- C'est juste typique des puceaux sadiques dans ton genre. Tu crois que tu diriges là, hein ? Avec ton petit pouvoir et ta matraque en guise de phallus ?…

Ventru aurait voulu répondre, mais il préféra regarder ses pieds…

XXXIII

Dimanche 20 décembre 2015.

« Tu pourrais être mon sauveur

quand j'en aurai besoin.

Je pourrais être un leurre

quand tu te cacheras de ce que tu fuis.

J'étais sous médicaments,

puis j'ai échoué ici.

J'étais beau, prêt à être quelqu'un…

Je sais qu'ils ne me laisseront pas entrer.

Ils ne portent ma peau.

Pourtant les pièces s'emboîtent.

Je comprends ce que tu voulais dire.

Laisse-moi où tu te trouves,

ou là où tu voudrais être.

Il y a ici une petite brise

et elle chante pour moi. »[25]

Un repli absolu, la rétraction de tout tissu, de tout organe, de lui, de tout aléa… Il avait passé plus de vingt-quatre heures dans son lit, avant de pouvoir se calmer. L'Enfer, disait-on, *« est pavé de bonnes intentions »*. Le Paradis lui, à ce qu'en savait Régis, l'était de nids-de-poule et de regrets. Ainsi, en voulant se couper de l'extérieur, se protéger d'*Elle*, il ne s'était pas suffisamment préparé à l'affronter à nouveau, à croiser son regard, à la vision de son corps, cet inavouable désir… Et cette pernicieuse intuition qu'*Elle* serait la fin de tout et le début du reste…

Transi, crispé, perclus d'angoisse.

Sandrine était passée le voir pendant la journée de samedi. Elle l'avait supplié de se confier, d'expier sa faute, de confesser le démon à son oreille. Il n'avait rien dit, planqué sous les draps, honteux.

---

[25] *« You could be my savior when I'm in need of another one. I could be your bait when you will hide from what you're running from. I was medicated but I ended up where I was. I was beautiful, I was yet to be someone. I know they won't let me in. They don't wear my skin. I know that the pieces fit. I know what you meant. Lay me down where you are or where you want to be. There's a quiet breeze and it sings for me. »* - Citizen, « Ring of chain ».

- Voudrais-tu qu'elle ne revienne plus, Régis ? avait-elle lancé finalement.

Il avait alors brusquement relevé la tête, comme on s'extrait des flots au bord de la noyade, à bout de souffle, un ultime espoir dans les yeux. Il l'avait toisée, hésitant, enfiévré, avant d'acquiescer. Un air de fou. Une confession.

Sandrine de son côté, savait qu'elle devait agir. Il en allait de l'intérêt de Régis. Pas de vague jalousie, ni de vaine chasse gardée ; c'eut été ridicule. Dès le lendemain, lundi, elle évoquerait la situation au staff. Elle demanderait que l'*Étudiante* arrête son stage ou le finisse ailleurs. Peu lui importait. Elle allait devoir argumenter. Depuis la réforme du cursus d'études infirmières, ils avaient changé de profil : petits bachoteurs immatures, arrogants et si scolaires…

« Poison ! »

Il lui faudrait ne pas s'emporter, ne pas se laisser dominer par ses émotions. Invalider, muter ou remettre en cause un élève supposait des tonnes de rapports, des confrontations avec les référents de l'institut de formation. Les services de soins étaient désormais des prestataires, des « terrains de stage » où l'on s'entraînait sur des patients-objets, comme autant de cas cliniques, des questions à choix multiples améliorées…

Elle devrait convaincre avec ce qui passerait sûrement pour une intuition ou une simple incompatibilité d'humeurs. Car pendant qu'elle se faisait des idées, les étudiants eux, avaient un diplôme à préparer. Un bout de papier avec un tampon de la fac, oui ! Non plus un métier, encore moins un « idéal du soin »…

Elle en était certaine, Régis lui, ne dirait plus rien.

D'Arc fuirait d'abord le problème, éluderait la question, invoquerait l'apaisement, le *« temps à laisser au temps »*… Il noierait le poisson, ne verrait aucune urgence à décider à trois jours du réveillon, avec la fauteuse de troubles en question actuellement en vacances…

« Elle ne revient pas avant des jours et des jours, voyons ! Régis nous fait un « coup de Trafalgar » chaque semaine en ce moment ! Patientons un peu avant de nous mettre son école à dos… »

Comme toujours l'urgence serait d'attendre. Moins de conflits, moins de paperasses. La loi de l'emmerdement minimal ! Elle avait vu le film cent fois. Pourtant il fallait faire quelque chose…

…avant qu'il ne soit trop tard.

XXXIV

Mercredi 23 décembre 2015.

C'était probablement la dernière visite d'Amine cette année.

Il partait l'après-midi même pour la capitale, passer le réveillon en famille. Dans quelques heures, la migration de masse serait une épreuve dans toutes les gares de France. Il était cette fois passé à l'hôpital dans la matinée, après avoir prévenu l'équipe et demandé exceptionnellement à voir Régis en dehors des horaires habituels. *« Oui les visites sont ré-autorisées depuis hier. Par contre, c'est de quatorze heures à dix-huit heures normalement Monsieur !… »*

En frappant à la porte, la respiration en suspens, il s'était attendu à ne plus reconnaître son ami, pris à nouveau dans on ne savait quelle nasse psychotique. Doucement, il s'était approché du lit, annonçant sa venue pour ne pas le faire sursauter. Régis avait semblé s'éveiller d'un sommeil sans rêve, d'une stase mentale, d'un voyage arrêté et sans escale…

- T'as vraiment une « tronche de cul » aujourd'hui ! avait pourtant moqué Amine, une crue de larmes montant aux rives de ses yeux.

Les deux amis s'étaient longuement pris dans les bras l'un de l'autre.

- Viens, couvre-toi. Sortons d'ici.

***

« Je n'ai jamais vraiment su dire

comment je me sentais.

Je ne peux plus permettre

que tu me voies dans cet état.

Tout est emballé. Je m'en vais.

Veux-tu vraiment savoir ?

Le veux-tu vraiment ?

Je me sens perdu. Je t'ennuie.

J'ai encore été surpris à dormir toute la matinée.

Moi j'ai peur de savoir.

Je ne suis qu'une simple feuille

portée par le souffle du vent. »[26]

L'hiver à peine né était tiède et mouillé, comme décongelé par accident. Un goût de gâté, douceâtre et tépide, une moiteur impossible et collante, qui démangeait la nature autant que les hommes, battus par les gifles orientées au sud-ouest. Des arbres décharnés s'échappaient encore quelques feuilles solitaires, malmenées par le vent, témoins des dernières forces de survie automnales, échos des récentes flétrissures infligées à Régis… Ils marchaient dans les allées, l'effort était pénible. Certes, entres deux morceaux de musique, seul Amine parlait. Cela n'avait pas d'importance : ce moment de réconfort mutuel avait été rare depuis deux mois. Et donc précieux.

- On devrait être frigorifiés à cette saison, et regarde-moi, j'suis trempé !… Ils me font bien rire avec leur grande « Conférence Climat »… Ah ça, ils sont contents d'eux avec leur accord au rabais et tous ces militants écologistes muselés, traités comme des terroristes !...

---

[26] *« I never was able to say just how I was feeling. Can't let you see me in this state. Everything is packed. I'm leaving. Do you really wanna know ? Do you really ? I feel lost. I feel boring. I've been caught sleeping all morning. I feel scared of knowing. I'm just a single leaf in the wind blowing. »* - Title Fight, « Leaf ».

Ils marquèrent un temps d'arrêt, arrivés à l'orée du bois où ils avaient leurs habitudes, contemplant le point de vue sur les environs vallonnés.

- Tu sais, il paraît qu'il faut parler aux plantes pour qu'elles poussent mieux. Et ben on dirait que les politiciens ont appliqué ça à l'échelle planétaire. C'est pas leur bla-bla qui sauvera quoi que ce soit… Les tocards…

Ils s'étaient installés sur un tronc vermoulu, aux abords du taillis, la boue sombre n'invitait pas à l'aventure…

- Je lisais un truc intéressant l'autre jour à ce sujet, un prof de psychologie de Londres je crois, Chamorro, un truc du genre. Il disait qu'en l'absence de véritable méthode normative pour évaluer la qualité de nos leaders et de leurs réalisations, nous nous laissions berner par la parade de vantards plus charismatiques que compétents. C'est tellement vrai. Toutes ces formules magiques, *« Abracadabra, si je vous le dis c'est que c'est vrai, que ça va se produire.»* Et d'ailleurs…

- C'est pareil ici, interrompit Régis.

- Bah… Dis pas ça… tempéra Amine, surpris par l'intervention au milieu d'une des diatribes politiques dont il avait le secret.

- Ils veulent tous ton bien ici, non ? reprit-il. Au moins ils ont le mérite de ne pas promettre des miracles, eux. Ils essaient de te stabiliser, pas de te guérir, ça a toujours été clair ça, non ?

- Et s'il y avait une solution ? osa Régis en se tournant vers Amine, deux torches à la place des yeux…

- Qu'est-ce que t'as en tête encore ?…

- Rien. Je suis sûr de rien… Mais ça va bientôt m'être offert…

…la solution.

XXXV

« Oh, fais-le moi cracher ;

Je suis le fils d'un doute sans fin.

Pitié, fais qu'il subsiste encore un peu d'amour ici,

parce que je suis un genre d'épave

et je m'enfonce à présent.

Je trouve de nouvelles façons de brûler.

Dissocié. Je disparais comme un rêve en semi-éveil.

Ces jours-ci, je te le rappelle,

je ressemble à l'ami que tu as connu.

Mais il devient de plus en plus difficile de respirer.

Rien n'est sacré. Rien n'est sûr.

Chaque minute est une erreur honnête.

J'ai enfoui en moi les plans que nous faisions,

et les jours défilent pendant que nous attendons.

Il ne faut plus attendre. »[27]

---

[27] *« Oh, shake me down ; I'm the son of a never-ending doubt. Love, please hang around, Because I'm the kind of wreck you read about and I'm sinking now. I'm finding new ways to burn. Disassemble. Disappear like a half-woke dream. These days I barely remind or resemble the friend you knew in me. It's getting harder to breathe. Nothing is sacred. Nothing is safe. Every minute's an honest mistake. I'm nailing myself to the plans that we make, and the days pass us by while we wait. Don't wait. »* - Make Do And Mend, « Disassemble ».

XXXVI

Jeudi 24 décembre 2015 - 16h00.

Prédateur avait déjà reçu son cadeau de Noël.

Les astres étaient vraiment alignés en sa faveur en ce moment. Après presque deux mois de soins, il ne souffrait plus. L'épaisse cicatrice disgracieuse au niveau de la commissure des lèvres resterait, la béance dévoilant sa gencive aussi. Il n'en avait que faire. Cela rajouterait à son personnage, à sa légende.

Il venait en plus d'intégrer une nouvelle cellule. Les mecs avaient l'air plutôt posés et suffisamment « cortiqués ». On lui avait même laissé le lit du dessus, *« privilège de l'âge »*. Ceci dit, il n'aimait pas les cadeaux : une personne comme lui méritait, gagnait ou, à défaut, prenait ce qu'il désirait. Mais il s'en accommoderait cette fois. Il était de bonne humeur.

Et puis il avait joué suffisamment.

Il avait été convoqué le matin même dans un bureau mal rangé, puant l'hygiène et les budgets insuffisants. Le gros mec semi-liquide face à lui n'avait pas quitté ses papiers des yeux. Il lui avait annoncé sans autres formalités que le juge d'application des peines s'était prononcé favorablement après avoir statué sur son cas. Il pourrait donc quitter la maison d'arrêt le lundi suivant, 28 décembre, bénéficiant d'un aménagement de peine qui contentait tout le monde. Bracelet électronique quelques semaines, puis suivi par le service d'insertion et de probation pour encore sept mois : pas d'incartade, sous peine de « retour à la case prison » :

« Vous ne touchez pas 20 000 francs. »

Le tout était assorti d'une étonnante « obligation de soins » : une exigence péremptoire, décidée sans concertation ni évaluation. Suivi, cure de sevrage, la totale. La justice appliquait indifféremment le même « prix de gros » à tout ce qui touchait de près ou de loin aux stupéfiants, consommateurs ou pas, accrocs ou pas, quels que soient les produits ; pensant sans doute que cocher la « case psychiatrie » sur un formulaire était un gage de succès ou avait une quelconque valeur d'engagement…

Le mythe de la désintox sous contrainte !

C'était un paravent qui masquait mal l'absence d'anticipation, de projet, le « grand rien » que l'on prévoyait pour les détenus en amont de leur sortie, notamment pour les drogués, les précaires, les malades etc. Un vœu pieux, un confort administratif, qui allait encore un peu plus encombrer le système de soins avec des gens qui n'avaient rien à y faire. Comme s'il n'était pas déjà assez difficile de soigner ceux qui le demandaient vraiment…

Toujours est-il que l'aubaine était belle.

Il avait bien mené sa barque. Son comportement discret, allié tout de même aux soupçons et aux « on dit », en avait fait le candidat idéal pour une remise de peine. Il avait tiré les bonnes ficelles, sans trop en faire, mais suscitant ressentiment et craintes, se faisant des ennemis pas tout à fait sûrs de la manière dont ils devaient réagir. Ceux-là s'en étaient forcément ouverts aux gardiens un peu « ripoux » qui avaient eux-mêmes quelque intérêt à ce que les petits trafics se déroulent normalement. La guerre de gangs n'était pas bonne pour le commerce. Le temps était donc venu, à mi-peine, de faire une fleur au vieux briscard.

***

Des « festivités » étaient prévues pour le réveillon. *« Vous dormirez en paix, ô riches, vous et vos capitaux, tant que les gueux auront des miches où planter leurs couteaux. »*[28] Pour les jours à venir, on achèterait donc la

[28] Théodore Botrel, « Le couteau ».

paix et un relatif apaisement des tensions à coup de « repas améliorés ». La bonne blague !

Prédateur ne participerait pas à la mascarade.

Fêter Noël en prison était un spectacle pathétique de régression collective. Tous ces sociopathes professionnels qui pleurnichaient pour leur colis annuel, cinq kilos réglementaires, un concentré de réconfort factice, de bons sentiments familiaux livrés en carton, sans papier cadeau.

Lui n'avait aucune attache.

Il était exonéré du besoin perpétuel de vérifier, valider ou tester la solidité des liens aux autres. Il n'avait rien à perdre. Élevé par les services de la protection de l'enfance, fugueur à douze ans, autonome à quinze, toxicomane à seize, et violeur avant la vingtaine ; il s'en était sorti seul. En s'appuyant sur l'autre, en l'amadouant, le sacrifiant ou le vendant si nécessaire.

Prédateur méprisait les sentiments.

Les sentiments étaient dangereux. Mais il en avait surtout profondément peur. *« L'Enfer c'est les autres »*[29], oui si on en attend quelque chose, si on projette sur eux ses propres désirs, ses propres attentes, l'image qu'on se fait de soi-même, de sa prétendue valeur.

Or il n'estimait pas sa vie.

---

[29] Jean-Paul Sartre, *Huis Clos*, 1944.

Prédateur savait qu'il était un laissé-pour-compte de la société, exclu et damné. Mais il n'en ressentait aucune colère ni rancune. Les organismes s'adaptent, l'évolution n'est jamais plus ingénieuse et inventive qu'en conditions extrêmes. Il n'était pas non plus un militant ou un envieux. Il tirait ainsi de sa condition sociale et de sa précarité affective un pur sentiment de liberté…

…et de toute-puissance.

XXXVII

Jeudi 24 décembre 2015 - 16h01.

« *Six ans sans sortie !...* » se dit-il.

Depuis la tuerie de 2007, Régis était hospitalisé d'office. Dans le cadre de ce placement à la demande du représentant de l'État, il n'avait bénéficié que d'une sortie d'essai. Elle remontait à Noël 2009.

Un échec total.

Par la suite, avec la réforme des soins psychiatriques en juillet 2011, et sous l'impulsion du Président de la République, la tenaille sécuritaire s'était resserrée. Les marges de manœuvre s'étaient considérablement réduites pour les patients « médico-légaux » : principe de précaution, risque zéro etc. À la longue, l'instabilité chronique de Régis n'avait rien arrangé. Difficile maintenant d’argumenter une nouvelle tentative de permission…

Noël n’était pas une période festive pour Régis. Ça ne l’avait jamais été. D’aussi loin qu’il s’en souvienne, il ne parvenait pas à se remémorer un dîner baigné d’amour et d’embrassades sincères ; à défaut d’avoir jamais été agrémenté de champagne et de foie gras. Là n’était pas la question : cimenter les liens familiaux n’était pas une question de budget. De toute façon le porte-monnaie avait toujours été désespérément vide dans sa famille. Mais le cœur aussi. Secs, ces gens n’avaient jamais rien eu à donner…

Noël 1994 en avait été un parfait exemple.

Régis n'avait trouvé que la honte sous le sapin, avec un gros nœud pour décorer. Il venait alors d'avoir onze ans, il était frêle et peu sûr de lui. Il s'était déjà replié, lisait beaucoup, seul dans sa chambre l'essentiel du temps, malmené par son petit frère hyperactif d'à peine six ans, moqué continuellement… Un paquet de couches, de protections urinaires, et des rires gras : l'humiliation pour tout cadeau. Il en avait pleuré pendant plus de deux semaines, jusqu'au jour fatal où sa vie avait basculé dans l'horreur. Cette maudite clope fumée en cachette, ce maudit soir de janvier, dans cette maudite arrière-cour…

Cette année, plus de vingt ans après, Régis ressentait plus que jamais l'envie d'ailleurs. Il n'était pas dupe, c'est aussi cela qui le taraudait depuis plusieurs semaines : jouir à nouveau du « dehors », entre excitation et peur de lui-même. Le dernier essai en date avait pourtant tourné au vinaigre, il le savait bien. Le « dehors » justement ne s'improvisait pas. Rien n'était simple quand on avait passé le plus clair de sa vie à tourner dans le bocal de la psychiatrie.

En 2009 pourtant, on l'avait fait sortir du bocal.

Le préfet avait signé l'autorisation de sortie d'essai avant de partir en vacances. Une erreur. Un 24 décembre. Régis - qui ne l'avait pas vraiment demandé - était donc sensé aller faire des emplettes, regarder un film au cinéma, se promener au marché de Noël, profiter de l'extérieur, de l'ambiance, boire un chocolat chaud etc. Puis rentrer en transports en commun, avant de réveillonner dans le service. Il en était capable, ils en étaient convaincus. Régis était tout à fait stabilisé à l'époque, les quelques sorties en groupe avaient été positives.

Mais rien ne s'était passé comme prévu.

***

Par cette froide journée d'hiver, au temps variable entre deux grains, il avait facilement retrouvé ses marques après deux ans d'enfermement. Cependant, arrivé dans un centre-ville bondé, la foule l'avait très vite oppressé. Lui qui ne buvait jamais, était allé commander de l'alcool dans un bar. Une vraie cohue, à l'heure où le vin chaud était d'usage. En tout cas plus que le whisky-coca… Au troisième, le barman lui avait demandé de s'en aller. Régis s'était brièvement senti mieux. Mais l'ivresse l'avait gagné, brouillant ses perceptions. Le surveillait-on ? Du moins, on le regardait… *« N'est-ce pas ? »* Sans doute que ces gens le jugeaient, cette foule le cernait, hostile… *« Non ? »*

Il s'était parlé intérieurement, tentant de se raisonner, parvenant à se rassurer un peu, à s'exhorter. Et puis c'était devenu moins clair, petit à petit, il avait tenté de rationaliser mais à l'évidence, il n'était *« plus seul là-dedans »*. Ça grouillait, ça l'étouffait. Et des voix étaient apparues, sans qu'il puisse faire la différence dans le brouhaha. D'abord rassurantes, de bon conseil, puis appuyant le sentiment de malveillance généralisée…

Soudain il s'était arrêté.

C'était trop lui demander. Il n'était pas prêt, pas armé. Tournant sur lui-même, affolé, heurtant les passants, renversant des sacs chargés de cadeaux ou des mères chargées de marmailles. Incapable de s'excuser. Après l'agacement, la méfiance, il avait semé la déroute. *« Salaud ! », « Enfoiré ! »* Il n'avait plus été possible de distinguer les ombres des silhouettes, de chasser les hallucinations. *« J'appelle la police ! »*… On allait le poursuivre, ils allaient le rattraper, le ramener dans la maison des *Autres*, l'enfermer dans le cagibi d'Enfer… La baraque serait couverte de sang séché, les cadavres pullulant de vers seraient là, rigolards, la bouche ouverte, remuant leurs sales langues. À part sa mère. Elle, n'aurait plus à cet endroit qu'un vide noir, une invagination sans fond. Qui l'aspirerait...

Il avait pu les voir à cet instant, devant ses yeux, là, gesticulant en une grotesque danse macabre. Il avait voulu les chasser à grands coups de poing, luttant avec furie, pour sauver sa peau. Il avait mouliné des bras, frappé au hasard en se masquant les yeux, au milieu d'une foule qui avait dû fuir le *« déséquilibré »*. Les media en avaient fait leurs choux gras dès le lendemain : bilan deux blessés légers, des dizaines d'enfants choqués, un marché de Noël évacué…

Comme un poisson rouge tombé sur le bord du guéridon, se débattant et suffoquant à l'approche d'une mort certaine ; il avait voulu qu'on le ramène à son bocal. *« À l'hôpital, vite ! »* Il allait mourir sinon.

Il préférait mourir sinon.

« La vie est un rêve ; c'est le réveil qui nous tue. »[30] La psychose elle, est un cauchemar, un œil aux paupières mi-closes. Et quand la lumière fait irruption, confronte au réel, le clignement réflexe peut aveugler le plus chancelant des cerveaux. Régis s'était ainsi réfugié dans un coin, ranimé seulement par les sirènes hurlantes : *« Comme la dernière fois… »*. Tout en vidangeant le trop plein d'émotions sous lui, il s'était demandé ce qu'il allait bien pouvoir devenir… Que de

---

[30] Virginia Woolf, *Orlando*, 1928.

fausses notes, que de ratés, que de dissonances ! Une partition à la narration désordonnée. Et face à ces combats perdus d'avance, et cette somme d’erreurs considérable que l’on appelait « vie », il avait voulu baisser les armes :

- Quel repos serait la mort finalement…

XXXVIII

« Au moins, c'est ensoleillé ici.

Cela me préserve de la noyade.

Je ne voulais pas revenir à la maison.

J'ai choisi le froid plutôt que la solitude.

Et quand la pluie tombe ici, peut-être pleures-tu là-bas ?

Je sais que j'ai peu de choses pour moi,

mais je vais faire de mon mieux.

Juste marcher dans la rue, éviter les embûches.

Pendant tout ce temps, je ne regarderai que mon ombre.

Je te souhaite de ne jamais te sentir aussi mal.

C'était ce que je voulais, je pense ;

mais maintenant j'ai le mal du pays.

Je ne croyais pas me retrouver si seul…

Au fond, je le savais bien. Comme j'ai le mal du pays.

Je tourne en rond en fait, mais dans le mauvais sens.

Et je me bats depuis tant de jours.

Pour découvrir comment ça finit.

Pour voir ce qu'il y a à la fin. »[31]

---

31 *« At least it's sunny here. It keeps me from drowning. I didn't want to come back home. I'd rather be cold than alone. And when the rain falls here I think maybe you're crying. I know I don't have much left. But I'll just do my best. Walk the street, don't step on cracks. All the while I'll watch my shadow. I wish you didn't feel so low. I thought I wanted this. But I find myself homesick. I didn't think I'd be alone... But it's something I've always known. At least I'm feeling homesick. Running in circles the wrong way. And I've been fighting for days now. To see this through to the ending. To see this through to the end. »* - Water Canvas, « Homesick ».

XXXIX

Vendredi 25 décembre 2015.

Sandrine avait volontiers laissé les autres profiter des festivités de Noël.

Ses collègues à la vie de famille « normale » le méritaient plus qu'elle. Quand on était seule à ce point, on l'avait sûrement un peu cherché, non ? Ce fichu besoin de maîtrise ! Tous ces mecs rembarrés sans ménagement au premier mot de travers, à chaque marque d'affection trop pressante… Toutes ces propositions de sorties déclinées, ces fausses excuses, ces alibis sociaux, ces *« coups de flemme »* de dernière minute, ces plateaux-télé à la con !…

Un bon d'achat dans une enveloppe timbrée, et vingt minutes de nouvelles par webcam interposée : voilà tout ce que sa fille avait jugé bon de lui offrir. *« Je te laisse maman, on va faire les courses pour notre réveillon en amoureux !... »* C'est vrai quoi, elle avait ses préoccupations, son petit copain, et tellement de kilomètres de distance ! Sandrine ne pouvait quand même pas lui en vouloir pour son désert affectif à elle ! Qu'auraient-elles eu de si beau à se raconter de toute manière ?… Les gens tristes sont toxiques. Leur cœur saigne, leur morve coule ; ils geignent, se répandent en larmes de regret… Et on a naturellement tendance à fuir ce qui est contagieux ; c'est bien normal. Comme toujours, Sandrine avait donc trompé l'ennui, et nié la vérité, en se dévouant à son travail.

Le réveillon s'était passé dans le calme.

Avant même 19h, le repas avait été englouti : des barquettes sous vide et sans arôme, malgré les efforts de la cuisine centrale. On avait même vu des sourires sur le visage des patients. C'était bien plus qu'ils n'en demandaient pour se « remplir ». Certains avaient ensuite organisé un jeu de devinettes pour occuper le début de soirée… Une once d'appréhension avait tout de même flotté dans l'air. Il n'était pas si fréquents ces moments « ensemble », plus fraternels, où la verticalité des rapports s'amenuisait, où soignants et soignés pouvaient abaisser d'un cran le niveau de distance mutuelle. Il y avait certes des activités quotidiennes, de rares excursions en mini-bus, même des matchs de foot chaque semaine ; mais toujours par petits groupes et pour des patients choisis avec soin. Les repas quotidiens pris dans le réfectoire étaient, quant à eux, davantage propices à la surveillance et à l'évaluation. Les malades se savaient épiés, jaugés continuellement, pour finir, au moins trois fois par jour, résumés en quelques lignes dans le logiciel de transmissions informatisées :

« Données - Actions - Résultats »

Il avait donc subsisté une certaine tension la veille au soir, de la morosité aussi par instants. Noël était une grande claque pour les déshérités. L'orgie consumériste, tout ce miel déversé à longueur d'émissions télévisées ; chaque année la malédiction psychique vous était ainsi renvoyée en pleine figure.

Cette réflexion guida ses pensées vers Régis. Ainsi que Sandrine l'avait craint, rien de courageux n'avait été décidé au staff de lundi. Certes, on avait rouvert les portes à *« son »* patient, mais pour le reste, officiellement l'*Étudiante* n'était fautive de rien. Elle ne devait pas être *« sanctionnée pour des défauts de vigilance ou d'encadrement »*.

C'était la meilleure de l'année celle-là !

Ce qui était sûr, c'est que cette calamité n'approcherait plus de Régis. Puisque sans le dire vraiment, on lui en imputait l'entière responsabilité, elle allait gérer ça à sa façon. Études de cas derrière un bureau, révisions pharmacologiques intensives, évaluations théoriques, sollicitations des tuteurs de stage etc. Elle ne serait pas déçue du voyage !... Avec l'énervement et la fatigue, le cœur de Sandrine s'emballait, ses tempes lui faisaient mal, l'étau froid et implacable de la migraine se resserrait. Vite, se calmer, respirer. Elle traversait décidément cette fin d'année avec une étrange mentalité : désabusée et aigrie, piégée dans une routine gélatineuse, elle sentait en même temps l'approche d'un moment crucial, la fin de quelque chose. Pas l'apocalypse ni le jugement dernier certes - même si 2015 avait été une année pourrie de l'avis général -, mais elle en était sure, il allait encore se passer un drame d'ici janvier. Il restait une semaine. Et elle retenait son souffle depuis déjà trop longtemps. La noyade n'était pas loin.

La surchauffe. Le burn out…

Dernièrement, à chaque bulle s'échappant de son apnée, un événement terrible s'était produit. Pour la châtier. Au moindre relâchement, lui pointer ses failles, ses manquements, les graver dans le marbre du malheur. Et rédiger un nouveau chapitre de sa vie qu'elle n'aurait jamais dû avoir à écrire. Elle avait assuré l'après-midi de la veille à l'hôpital. Au moins cela avait écourté son réveillon devant une mauvaise comédie romantique piratée au hasard. Miracle d'internet, l'abrutissement livré à domicile, l'ennui assisté par ordinateur. Sandrine était à nouveau de service ce matin du 25 décembre. Les « soir-matin » étaient interdits dans le code du travail mais tolérés dans les faits : *« arrangements personnels »*. Bon sang, elle manquait tellement de sommeil…

La tête lui tournait. Elle fut prise d'un vertige. Un sentiment de rejet total, l'écœurement de ces couloirs faussement aseptisés, souillés par la détresse. Les murs ployèrent soudain devant elle, déformés, rétractés, la piégeant dans un goulot d'étranglement. Une cheminée du dégoût. Mal ramonée, louche et crasseuse : l'issue paraissait si lointaine… Elle avançait maintenant en titubant. S'agrippant à la poignée de la porte, elle franchit enfin le seuil du fumoir commun. Quelques patients s'y trouvaient alors. Un lieu de repli et de mauvais trip pour êtres humains désarticulés. Irrespirable. Elle n'y venait jamais d'habitude. Mais à cet instant, dévisageant ces gens devenus ses compagnons d'infortune, et comme le condamné implore la pitié dans l'œil de son bourreau…

…elle s'étala de tout son long.

XXXX

Dimanche 27 décembre 2015.

Il ne demanderait pas son reste.

Il ne demanderait d'ailleurs rien à personne. Aide sociale, ordonnance, etc : il n'avait besoin de rien. La précarité était son terrain de jeu, son biotope, il en connaissait les règles et les astuces. Au besoin, il chasserait le pochtron crédule, débusquerait le crétin isolé, il cueillerait à un coin de rue la moindre opportunité, trouverait sous un porche un paumé en détresse, une naïveté dévoyée… Dès demain, *Prédateur* en était sûr, il se débrouillerait.

Le début d'hiver était doux qui plus est cette année. Dans ces conditions ce n'était pas forcément la pire saison pour un sans abri. Quantité de services, œuvres caritatives et charités climatiques existaient pendant cette période. Il était facile, légitime même, d'en profiter. Il était bien plus compliqué l'été de trouver un hébergement d'urgence, un dispensaire ouvert, d'essayer de garder une hygiène convenable ou d'obtenir un repas « à l'œil ». Il était à la plage alors, celui qui vous servait la soupe à Noël avec son sourire et sa bonne conscience… Et cet air hypocrite de ceux qui viennent racheter leurs péchés de l'année écoulée…

Au pire, il passerait une nuit ou deux dans un foyer merdique, à choper des puces et à surveiller ses affaires à chaque minute. Il repérerait les obsédés, les voleurs, les barjos, puis il se dirait encore une fois qu'il n'avait vraiment rien à faire là. Et il trouverait une solution, de quoi battre en retrait…

La psychiatrie offrait une excellente alternative.

Mais il fallait doser son abus. Quelques jours de temps en temps, régulièrement, à bon escient, histoire de paraître suffisamment atteint pour sembler trouver son compte dans un endroit pareil. Ensuite, on vous prescrivait un traitement que vous preniez le temps de l'hospitalisation. Surtout les benzodiazépines. *Diazepam, Lorazepam*, un délice… Le reste des comprimés - de la même façon que l'on dissimule les lames de rasoirs en prison - allait si possible se loger d'un coup de langue habile dans la « gouttière » contre la gencive supérieure. Avant de finir dans la chasse d'eau, la plante verte poussiéreuse, le bol de café du voisin… Surtout éviter les neuroleptiques, ceux qui vous ramollissent le bulbe, notamment le petit vert là… Une fois sorti, pour ne pas s'y accoutumer, vous revendiez en ville le fruit de votre ordonnance, après une décroissance progressive.

Et le tour était joué !

Si vous aviez l'air de répondre un tant soit peu aux médicaments, et de trouver magiquement un mieux-être dans ces séjours ponctués d'entretiens creux et d'activités occupationnelles ; alors on vous collait une étiquette à vie. *Prédateur* passait ainsi pour un toxicomane, catalogué *« borderline »*. Ses dossiers disaient de lui qu'il avait le passage à l'acte facile, avec de nombreuses tentatives de suicide à son actif, du moins des tendances auto-agressives. À les entendre, il tolérait mal les frustrations, il était parfois d'humeur labile, il avait une mauvaise image de son corps, rompait, mettait à l'épreuve ou évitait tout lien pour ne pas risquer de subir l'abandon. Il était soi-disant sujet à des moments d'angoisse intenses, il sur-ressentait les émotions, se comblait dans une appétence toxique aux produits, aux autres aussi, paradoxalement, à l'institution hospitalière, à ce qui l'entourait en général…

Faux solitaire, impulsif, ambivalent, dépendant.

On le pensait en fait un peu *« vide »*, et jouissant d'un faible *« insight »*, cette notion aiguë de son fonctionnement interne autour duquel on croyait qu'il élaborait si peu. Coincé dans une logique de l'agir et de l'instant, incapable de projection dans l'avenir, ou de tisser des liens mentaux entre causes et conséquences, progrès et perspectives, critiques et corrections, alarmes personnelles et estime de soi...

Tout cela était en partie vrai.

Mais il se servait d'eux tellement plus qu'eux ne l'aidaient. L'HP était au mieux un centre de loisirs ou d'entraînement. Il y venait en cure comme d'autres vont en thalasso prendre du bon temps sur le dos de la Sécu. Et ça passait ! Pour une seule et bonne raison : il était intelligent et n'avait pas l'image d'un psychopathe. L'hôpital psychiatrique rejetait les « profils psychopathiques », ceux qui foutaient un service à l'envers en moins de vingt-quatre heures, qui manipulaient sans finesse, mentaient, dealaient ostensiblement, menaçaient le personnel, n'en avaient rien à foutre de rien, et l'instant d'après, avec la plus grande obséquiosité, venaient demander une faveur.

Prédateur, en apparence, se tenait à carreau.

Il y avait bien plus à prendre à se la jouer discret, torturé et vaguement dépressif, qu'à claironner bêtement que rien ne pouvait vous atteindre. Il fallait donner aux soignants un ascendant. Eux aussi, en effet, tiraient gratification de la faiblesse des autres.

Ils ne valaient pas mieux que lui…

XXXXI

Mercredi 30 décembre 2015.

C'était le dernier mercredi avant 2016.

Un mercredi sans Amine cette fois. Sans personne. Même Lemmy Kilmister était mort la veille, on l'avait annoncé à la télévision. Comme si le grand public en avait déjà entendu parler… « *Année de merde !* » Le Dr D'Arc était parti en vacances lundi soir. Quant à Sandrine, elle avait explosé en plein vol quelques jours plus tôt. Commotion cérébrale. Épuisement psychique.

Dix jours d'arrêt.

Tout en songeant à l'infirmière, Régis marchait seul dans le parc : cela lui était à nouveau possible. On entretenait ainsi l'éternel recommencement, un devenir en alternance entre prison modulable et libertés intermittentes. Le staff en avait décidé ainsi en début de semaine. Sans argument objectif, pensait-il. Le dogme, la chimie et l'arbitraire pour tout mode d'emploi. *« Ce putain de staff ! »* L'entité suprême : D'Arc, l'interne, la cadre, l'infirmière référente, le psychologue, l'ergothérapeute et parfois le grand chef du secteur ; telle une hydre à sept têtes qui dictait son sort. Mais il n'était pas Hercule malheureusement, et ce marais-ci était bien plus profond que les abords de Lerne…

Cependant, le changement s'amorçait : les jours commençaient déjà à rallonger. Timidement mais sûrement, minute après minute… Noël était passé, cette putain de fête. Il avait lu quelque part qu'elle n'avait rien à voir avec la naissance d'un quelconque « Sauveur ». C'était avant tout un rituel païen célébrant le soleil renaissant, le « sol invictus », l'astre invincible, après les ténèbres du solstice d'hiver. Lui aussi se sentait renaître, regagner en vigueur.

Le « Roi Soleil » repensa à Sandrine…

Il l'avait épuisée, vidée de son énergie. Il avait usé sa foi en lui, pompé jusqu'à la dernière goutte de sa vitalité, de son dévouement. Une sangsue. Voilà ce qu'il était pour son prochain ! Mais elle également l'avait trahi. Elle lui avait dit de se confier : *« Sois toi-même ! »* Elle l'avait assuré que c'était son métier : *« J'encaisserai, je suis là pour ça. »* Elle avait menti, et maintenant elle était partie. Tant pis pour elle, Régis avait bien assez à faire avec lui-même, et ses tourments qui oscillaient sans prévenir.

Ils n'étaient pas soignant l'un de l'autre.

Alors qu'il s'enfonçait parmi de hauts buissons pour s'abriter du vent qui se levait, il ne parvenait pas à identifier ce sentiment étrange en lui. Il y avait de l'animosité contre Sandrine, mais du soulagement aussi. Il l'avait vampirisée certes, mais c'était la règle du jeu. Maintenant il en était libéré. Comme un oisillon quitterait le nid en jetant sa mère dans le vide pour tout remerciement. Cette délivrance plaisante d'une emprise maternelle, il l'avait déjà vécue. Dans un autre contexte… Régis sourit en foulant les feuilles mortes. Ses écouteurs trompaient encore le sifflement des bourrasques, tandis qu'il errait entre les ramures dénudées.

Il se sentait bien.

« Je t'ai regardée brûler.

Je l'avais senti.

Tu crachais des mots

comme si tu étais quelqu'un d'autre.

Puis je t'ai vue fuir.

Je criais et m'enfonçais avec toi,

piégé dans le serment que tu m'avais fait.

Je n'y compte plus à présent…

Je ne veux plus le savoir !

Si je pouvais t'attraper encore une fois,

j'y verrais plus clair.

Tu avais dit que tu resterais, tu l'avais promis.

Et je te vois finalement t'échapper.

Pourquoi aurais-tu attendu l'été après tout,

pour me mâcher et me cracher au loin ?

Je suis assis éveillé, je patiente avec impatience.

Et les mêmes erreurs attendent d'être refaites. »[32]

Régis était incapable d'envisager l'avenir à moyen ou long terme. Tout, au-dedans comme au-dehors, avait une si brève échéance. Le bien-être périmait parfois comme le plus savoureux des fruits se gâte à vue d'œil dans la moiteur de l'été. Le « jour d'après » était un horizon lointain et mal assuré.

Ainsi, alors qu'il goûtait sa plénitude interne retrouvée, il ne lui était pas venu à l'idée que l'*Étudiante* serait de retour dans moins d'une semaine. Sandrine n'avait eu ni l'envie ni le temps de l'en informer…

---

[32] *« I watched you burn and I felt it. You're spitting words like you're someone else. And I watched you run. I was screaming and following you down. It seems I'm stuck in the promise you made, I'm counting out. I don't want to know. If I could catch you once, I'd see you right through. You said you'd stay, and you promised. I finally see you out. Why'd you wait for the summer to chew and spit me out ? I sit awake and wait impatiently. The same mistakes are waiting to be made. »* - Citizen, « The summer ».

L'éventualité de composer à nouveau avec sa toxique présence… Pour cinq semaines supplémentaires…

« Nous sommes nés là où l'ennui est sanctifié.

Et l'espoir revêt ici

la même poussière qui, là-bas,

couvre toutes les vaines issues.

Je n'en peux plus d'attendre,

cette apathie me rend malade.

Ce soir, cette nuit,

les monts et les remparts vont s'abaisser.

Les muscles sont accessoires

tant que le cœur continue de battre.

Ceci est l'histoire de rêves

pas tout à fait brisés. (…)

Peut-être finirai-je heureux,

ou qu'on me quittera, disloqué,

une chose est sûre :

je ne resterai pas ignorant.

Car si j'ai bien une crainte,

c'est de laisser des regrets derrière moi.

Privé de repos avant chaque coucher du Soleil,

hanté par le souvenir des jours passés,

j'espère que cette vie n'est pas inutile

pour un enfant qui rêve encore.

Le sort ne me construira plus aucune prison. »[33]

Fendant le carcan des nuages et la turpitude crasse du ciel de décembre, le soleil choisit cet instant pour percer le brouillard. Il drapa le visage de Régis d'un mince rayon à la chaleur fugace. Le grand enfant rêveur ferma les yeux quelques secondes, et sentit croître en lui une énergie nouvelle, indomptée, encouragée par les rafales puissantes.

Une rage de vivre…

---

[33] *« We were born where boredom's been sanctified. And hope wears the same dust than all roads outgoing. I'm sick of waiting, sick of living in this apathy. Tonight's the night, the mounts will give up. No need for muscles when you have a beating heart. This is the story of not already broken dreams. (...) Maybe it could leave me happy, maybe it could leave me broken, one thing is sure : it won't leave ignorant. And if I have one fear, it's to lay on regrets. With no way to sleep before the sunset. Haunted by souvenirs of days spent hoping that life ain't useless for a kid still dreaming. Life won't build me no jail. »* - Birds In Row, « A kid called dreamer ».

XXXXII

Jeudi 31 décembre 2015 - 4h05.

Il était trop vieux pour ces conneries.

Prédateur avait dû se décider à quitter le foyer d'urgence, avant qu'il n'en prenne un pour taper sur l'autre. Ou pire. Il avait atterri là, dans ce tas de tôles et de briques en bordure de zone industrielle, après une nuit à l'hôtel réclamée au « 115 ». Le centre d'action sociale dans lequel il s'était ensuite rendu mardi n'avait pas mieux à proposer. Cela faisait un moment qu'il n'avait pas mis les pieds dans un de ces chenils, peuplé de pieds de vigne, de sacs à merde, et de bêtes enragées…

Une nuit lui avait suffi.

La violence pour la violence, ça lui était passé. Il n'y avait rien là-bas. Pour manipuler une personne il fallait que celle-ci ait encore un minimum d'orgueil, d'espoir ou d'ambition. Les gens qui peuplaient les foyers pour exclus n'étaient pas de ce genre-là. Des épaves. Il fallait aussi disposer d'un cerveau à tromper. Une jugeote, un peu de bon sens à berner. Or ces deux dernières nuits, entre les oreilles et sous les caboches rabougries de ses « colocataires », *Prédateur* avait trouvé plus de courants d'air viciés et de flaques d'eau croupies que de matière grise disponible…

Il s'y était donc résolu. Direction la psychiatrie.

Toute sa vie ou presque, il avait réussi à faire passer pour une faiblesse d'esprit un comportement a priori répréhensible. Il était de ces animaux à sang froid plus malins que tout le monde. Tant de ses congénères polluaient les hôpitaux psychiatriques en prétendant venir soigner leur impulsivité. À force de réduire le moindre espace de liberté, de valoriser la performance et la propriété personnelle, la société induisait des transgressions et des passages à l'acte. Une usine à frustration. Mais puisque l'on ne pouvait pas les enfermer tous en prison, on intimait désormais à la psychiatrie l'ordre de soigner les intolérants aux règles et aux limites. Même si elle n'avait jamais prétendu savoir le faire… La « dissocialité ». C'était devenu un passeport pour les soins. On exigeait la médicalisation d'un trouble du « vivre ensemble », consentant dès lors à l'absolution de conduites relevant bien souvent de la sphère éducative ou judiciaire.

Prédateur avait donc usé de sa connaissance du système.

D'abord, bracelet électronique ou pas, le « must » était de parvenir à justifier d'un transport sanitaire après avoir généré suffisamment d'émoi sur la voie publique. Mais pas trop !… Sous peine de finir placé d'office par le Maire. Et puis, en cas d'arrivée « des bleus » sur place, prononcer le mot magique qui vous épargnait assurément la garde-à-vue : « suicide »… En tout cas, être crédible : ne pas réclamer de secours en se trouvant bien au chaud dans un foyer ou chez un compagnon de boisson. D'ailleurs, ne pas être ivre ! Fausse bonne idée : après le dégrisement, les alcoolisations aiguës n'étaient généralement pas gardées par le psychiatre des urgences.

« C'est juste l'alcool, il a déconné ! »

Si possible, exprimer des symptômes pseudo-psychotiques. Voire les mimer (mais pas trop !…). L'« HP » restait prioritairement fait pour les schizotypiques, les paranoïdes, les bizarres et les stuporeux. Il n'était pas si difficile de feindre à minima l'aliénation, la loufoquerie maniaque, la déglingue dissociative, la perplexité face à ce qui vous arrivait, l'accentuation de la latence des réponses, etc. Mais il ne fallait surtout pas « sonner faux ». Ainsi, vouloir jouer le type complètement à côté de ses pompes, ou qui fait mine de ne pas avoir écouté la question, comme perturbé par des hallucinations fantaisistes ; cela demandait davantage de savoir-faire. C'était prendre un risque inutile. Et puis ils avaient vos dossiers, vos antécédents, l'informatique : tout devait être cohérent. Il suffisait de susciter assez de questions et trop peu de certitudes : de « l'intérêt clinique » prétendaient-ils avec avidité.

« Hé l'externe ! Viens, le cas à l'air intéressant ! ».

Si vous ajoutiez à cela une mutilation, un peu d'hémoglobine (mais pas trop !…), de *« l'atteinte à soi-même pour se sentir vivant »* ; vous acheviez de fasciner le jeune interne en face de vous qui vous hospitalisait sans nul doute, persuadé d'œuvrer pour la survie de son espèce.

Ils n'étaient pas difficiles à apitoyer.

Il fallait choisir sa fenêtre de tir. Il est évident que si vous étiez amené à l'hôpital vers 1h du matin, vous aviez moins de chance qu'en pleine journée de tomber sur un médecin expérimenté. En comptant le temps pour les sutures (superficielles évidemment), cela vous menait en milieu de nuit, à l'heure où l'on ne s'embarque plus dans des entretiens fouillés de plus de dix minutes…

« Bon, comment on peut vous aider ?… »

C'est donc aux urgences que se trouvait *Prédateur* en cette tempétueuse « nuit du 30 au 31 ». En attente d'une ambulance pour sa chambre à l'EPSM : un aller simple. Quelque temps après minuit en effet, il s'était positionné sur le bord d'un pont proche du centre-ville. Il avait harangué, juré, t-shirt déchiré : si on ne l'arrêtait pas, il allait se charcuter avec un tesson de verre, sauter du parapet… Les quidams accourus précipitamment du kebab non loin - et manquant de rendre leur « junk food » avariée - avaient appelé les pompiers. Après quelques négociations (mais pas trop !…) - toute circulation bloquée, une belle pagaille - il avait obtempéré… Avant de se réagité à l'annonce de son transfert vers l'hôpital, opposant, faisant mine d'être sous l'emprise de substances ou dans un moment de « pure démence » dirait la rubrique des faits divers le lendemain : Prédateur ne s'était pas laissé faire. Il ne fallait pas que ce soit simple… Il avait pleuré, craché, se débattant, se blessant au cou, seulement calmé par l'injection d'une ampoule de *Loxapine* à son arrivée aux urgences. Bingo ! Qui disait médication, disait hospitalisation ! Une dose de principe, assez faible, cinquante milligrammes - pas de quoi assommer un cheval - les urgentistes ne sachant pas, avant bilan sanguin, si d'autres produits avaient été ingérés…

« Ivresse pathologique ? Crise de déréalisation ? Drogue excito-motrice ? »

Puis, comme par enchantement, il n'avait plus rien dit. L'attente aux urgences avait été courte : le personnel interpellé et sans doute *« pas tranquille »*, face à ce patient *« habité »*, balafré et suicidaire, porteur d'un bracelet de *« bagnard des temps modernes »*, et qui hochait seulement de la tête, fixait du regard sans être endormi par le traitement sédatif… Il s'était dit amnésique, désespéré, perché : *« J'ai peur de moi-même Docteur, j'ai pris un truc… »* Analyses négatives pourtant, mais on ne détectait pas tout : *Diphénidine*, *MXE*, entactogènes de synthèse, *DMT*… Une période d'observation était jugée nécessaire. Il leur avait fait le grand jeu… Mais pas trop !…

La suite n'avait été qu'une formalité.

XXXXIII

Jeudi 31 décembre 2015 - 17h28.

La Saint-Sylvestre clôturait une étrange année.

Régis ne voyait décidément pas quoi retenir de positif de ces douze derniers mois. Au-delà de son cas personnel, toutes ces rancœurs accumulées, ces lignes de fracture, ce grand cirque médiatique, ce marketing de la dépression nationale… Il n'y avait sûrement pas eu plus de morts injustes dans le Monde cette année, mais des événements qu'on pensait « exotiques » étaient survenus en France. Si près et à la fois tellement loin de lui, de la vie d'ici… Bien qu'il en fût exclu, la France restait son pays. À travers la lucarne cathodique qui trônait dans la salle à manger, et ce que lui en disait son ami Amine, fervent militant ; il s'en était fait une certaine idée. Or les valeurs séculaires de sa patrie étaient bel et bien en péril.

Cependant, 2015 se finissait mieux pour lui qu'elle n'avait commencé. Il voulait s'en convaincre depuis une semaine. Ne plus craindre demain. Ne plus être le centre de tout. Ce n'était plus son problème. Il n'y avait pas de « grande œuvre », pas davantage de « grand complot »…

Il avait tout imaginé.

Le gouvernement pouvait bien resserrer la surveillance de masse tant qu'il le voulait, lui n'avait aucun accès à Internet. Et puis les attentats étaient désormais déjoués nous disait-on, comme en Belgique mardi. Même Vladimir Poutine était même devenu « notre ami » ! En tout cas plus que ces « demi-français », ces « bi » qu'on voulait maintenant différencier, dévaluer, et placer en sursis. On allait même écrire ça dans la Constitution !

Il sourit intérieurement…

Cela sonnait comme un des refrains politiques dans lesquels Amine aimait se lancer… Son comparse lui manquait. S'il avait été là, il l'aurait étayé, renforcé, il aurait achevé de combler les dernières brèches, l'aurait assuré qu'il était sur la pente ascendante. C'était si difficile, à tout instant, de ne pas laisser l'acide du doute ronger à nouveau ses fraîches soudures mentales…

« Passer chaque jour à prendre la mesure

d'un monde nouvellement rebâti.

Des tentatives désespérées pour trouver

un endroit sans une seule trace de toi.

Certaines choses demeurent.

D'autres manquent.

Plus profondément, dans ce sombre terrier,

tournant, zigzaguant ;

je marche le long d'une route

bordée de dépouilles éparses.

Certaines simplement traînées

dans la boue et la saleté.

D'autres, des tas d'os à peine enterrés dans le sol.

Je l'ai longtemps parcourue cette route,

mais je regardais droit devant moi.

Si j'avais su alors ce que je sais maintenant,

bon sang, comme j'aurais fait demi-tour.

J'expire à chaque souffle

des sons emplis de chagrin.

Je n'aurais jamais cru vivre assez longtemps

pour me voir désirer la mort.

Si oui ou non je l'ai souhaitée,

cela reste incertain.

Les pires souvenirs de cette année empoisonnent

désormais chacun de mes rêves. »[34]

Régis arracha précipitamment les écouteurs.

Il dut résister à l'envie de faire exploser le lecteur MP3 sur le sol. Encore une fois « ça » revenait à la charge, « ça » s'instillait dans son cerveau, par une porte dérobée, le long de ses neurones. Trop tard. Sa maigre assurance manquait de s'effondrer. Et si Amine était l'un des « leurs » ? Le pire de tous, le plus patient… Celui qui lui avait fait écouté il y a si longtemps cette musique de malheur, qui l'avait rendu accro à ces paroles mélancoliques… N'était-ce pas Amine qui lui avait offert son premier baladeur audio des années plus tôt ?

Un instrument de souffrance muni de ces odieux appendices qui vociféraient, grondaient ou gémissaient comme deux ersatz de langues. Baveuses, menteuses. Ainsi, chacun au bout de son cordon reptilien, les deux apex de plastique s'immisçaient chaque jour un peu plus

---

[34] *« Spending each day taking steps toward a world built anew. Forlorn attempts to find a place without a single trace of you. Some things remain. Something's still missing. Further down the rabbit hole, turning and twisting. I walk along this road, remains scattered around - some dragged through dirt and mud, some just bones buried in the ground. I've walked this very road before, but I wasn't looking down. If I knew then what I know now I'd have turned the fuck around. Sounds filled with sorrow pushing through every breath. Never thought I'd live to see myself wishing for death. Whether or not I've meant it remains to be seen. A year's worth of memories poisoning every dream. »* - Aviator, « Head noise ».

souvent, un peu plus longtemps, dans ses conduits auditifs, au plus près de son intimité, de son cortex. Au point que désormais, il calquait presque sa vie, ses décisions et ses affects sur ce que la mélodie diffusait, infusait, transfusait en lui…

Il allait achever cette nouvelle certitude… quand il le vit.

***

Régis était debout depuis de longues minutes face aux fenêtres de sa chambre. Ni des miroirs ni tout à fait opaques, c'était une question de mise au point et de profondeur de champ. Et maintenant, dans la transparence enfin appréhendée, à travers les carreaux de sa cage au désespoir, aucune hésitation possible : il distinguait *Prédateur,* qui l'observait depuis le service en face. Cette ordure insinuait de son horrible sourire :

« Oui ! Voilà, regarde-moi, admire ton œuvre ! »

Il faisait ainsi de drôles de gestes, allusifs et sordides. Sans aucun sens pour Régis. Lentement, langoureusement, il touchait son oreille gauche puis portait son index à ses lèvres, voulant semblait-il, livrer là un message…

Il était de retour. C'est tout ce qui comptait.

Son persécuteur, son Adrastée implacable, sa Némésis immortelle et vengeresse. Il ne pourrait jamais lui échapper. Il était pris au piège. Et qu'avait-il prévu ? Rien. Il avait contemplé son image. Tout ce temps il s'était occupé de son nombril. Puis il avait regardé ailleurs, s'était cherché d'autres ennemis. Comment avait-il pu douter de Sandrine ou d'Amine ?… Vite, reprendre contenance ! Murer les ouvertures, éviter la débâcle. Rejoindre la sûreté de son lit. Les certitudes braillardes de sa prison de décibels. Il grelottait, l'épine dorsale soudain parcourue d'un courant glacial, la vision grisée par la peur. Un pressentiment, un hiatus ; une révélation naissait en son for intérieur. Il reprit le cours de la musique et reçut de plein fouet l'incantation - étonnamment calme cette fois : une sentence, un présage.

Sa tombe.

« Je mourrai à l'endroit où je suis né.

La nuit venue, je frissonne et j'essaie d'oublier

que je n'ai jamais triché, que j'ai essayé d'être fort.

Peu importe que j'aie agi avec sagesse,

je me sens mal à présent.

J'ai du mal à oublier que je n'ai pas voulu suivre

cet homme fascinant, et qui m'avait promis

de jolis péchés et de l'or.

Et maintenant j'attends le soleil.

Je me languis du soleil…

Je ne pourrai plus rester hors de vue.

Je ne sentirai jamais la neige.

Je n'accéderai pas à la part de vérité.

Il ne me reste qu'à regarder mes fleurs pousser... »[35]

Régis avait toujours vécu avec la conviction diffuse que la vie s'arrêterait pour lui précipitamment. Comme la perpétuelle imminence d'une fin à toutes choses. À la longue, ce n'était plus une crainte, plutôt un compagnon de route. Mais à cet instant, il sentit dans ses entrailles l'instinct premier, l'étincelle fondatrice, propre à tout être animé : le danger de mort. C'était la deuxième fois de sa vie, et même s'il n'en savait rien encore…

…la même personne en était la cause.

---

[35] *« Where I'm born is where I'll die. At night I shiver and I try to forget that I never cheated, that I tried to be strong. No matter how wise I was, I feel wrong to forget that I never followed that man that I adored, who promised me pretty sins and gold. And I'm waiting for the sun. And I'm waiting for the sun. I will never be out of sight. I'll never feel the snow. I'll never reach the truth of lies. I'm just watching my flowers grow… »* - Woodkid, « Where I live ».

XXXXIV

Jeudi 31 décembre 2015 - 18h40.

Il devait l'admettre, ils se ressemblaient.

Prédateur n'en avait pas toujours été convaincu. Mais le Docteur Frankenstein aussi fut d'abord sceptique face à sa créature… Il y a longtemps, Régis n'avait été qu'une victime comme les autres. Puis un malade à l'hôpital parmi des dizaines de malheureux dérangés, s'ébattant dans un système dont il tentait encore d'apprivoiser les codes. *Prédateur* l'avait pourtant reconnu dès le premier regard. Il avait seize ans alors, anxieux, faible, déjà fou manifestement. Cette lueur noire au fond des yeux…

Il l'avait ensuite côtoyé épisodiquement. Du moins au début, quand leurs séjours à l'EPSM se chevauchaient. La répartition était ainsi faite : la sectorisation triait les individus en fonction de leur adresse, non des pathologies (réelles ou supposées), avec l'idée d'assurer une continuité dans la prise en charge future. Encore une preuve qu'ils ne prévoyaient de guérir personne ! Pour les SDF, c'est la date de naissance qui primait, puisqu'on n'en change a priori jamais… *Prédateur* s'était donc vu attribuer l'Unité 5 pour service de référence.

Avec le temps, à partir de 2007, il avait croisé Régis systématiquement chaque fois qu'il se faisait hospitaliser. Le garçon n'avait en effet plus quitté le service à partir de cette année-là. Tout le monde savait pourquoi et avait alors largement tempéré son avis à son sujet… Quand l'état du pauvre bougre l'avait permis, *Prédateur* s'était approché de lui, le titillant, le mettant à l'épreuve, de loin d'abord, en se servant des autres… Puis il l'avait reniflé avec un début d'intérêt, de plus près, testant les limites et les accès mentaux. Le gosse était quelqu'un d'étonnant, d'intelligent et de… *félin*.

Il était des siens.

Régis n'en avait simplement ni l'idée ni l'usage, perdu qu'il était dans les tours et détours de sa psyché. Enfermé aussi dans ces murs et ce cadenas administratif qui ne lui laissaient aucun choix. Un *chat* d'appartement. Presque un *chat* de concours. Une bête de foire. Il était risible et à la fois… à plaindre. *Prédateur* lui en voulait aussi pour cela : ce merdeux l'apitoyait et ce n'était pas dans ses habitudes. Ce n'était sûrement pas de la culpabilité, il n'en éprouvait jamais. Régis n'était pas son « œuvre », ni sa « création ». Du moins pas entièrement… Sa *Chose* alors ?… Tant de temps était passé depuis « l'incident ». Il n'était pas responsable. À chacun ses ressources personnelles et ses résiliences ! Et si Régis en avait manqué ; *« Chacun sa merde ! J'suis pas sa mère ! »* Mais, il devait le reconnaître, impossible de ne pas voir en ce gamin un dramatique gâchis ambulant. En cela aussi, ils étaient semblables…

« Tu te ramollis mon vieux ! »

Non, ils n'en avaient pas fini. L'un des deux devraient quitter le territoire. Ou bien que mort s'en suive. Ils possédaient à présent chacun un morceau de l'autre. Une oreille contre une lèvre : *« Mais sommes-nous quittes pour autant Régis ? »* La bonne blague ! *Prédateur* était revenu là pour solder ses comptes. Certes on ne l'avait pas laissé réintégrer l'Unité 5, par crainte d'une nouvelle *« altercation ».* Mais même depuis le service d'à côté, il parviendrait à ses fins.

- Et toi Régis, l'as-tu avalée cette tendre part de moi que tu m'as volée ? sourit-il, pensif en palpant sa lippe bulbeuse…

Depuis leur rencontre dans cette cour enténébrée, tant d'années plus tôt, l'ado démantibulé s'était mû en fou dangereux, en « être supérieur » aux yeux de *Prédateur*. Il avait pourtant douté de sa *Chose* ; allait-elle être à sa hauteur ? À son image peut-être ?… Mais alors qu'il venait de narguer ses yeux fous, toute à l'heure à travers la fenêtre, il ne doutait plus à présent…

« Avait-il compris le message ?… »

Il n'en était pas sûr. Dans ce regard en tout cas, il avait lu l'incrédulité de celui qui s'était cru en sécurité totale. Il y avait bu le plus sucré des nectars : ce jus épais extrait de la trouille bleue face à une mort annoncée. Et il avait pu s'y repaître aussi du meilleur : cette lutte interne entre la nécessité de combattre, l'impératif de la fuite, et l'infime arôme, cette note amère, la secrète faiblesse d'un renoncement qui naît…

Il en était pourtant certain : son rival ne serait plus une simple proie. Régis résisterait, se rebifferait, s'acharnerait pour sa vie. Il ne se laisserait pas faire comme la première fois. Et quel festin ce serait ! Sa *Chose* n'était plus la même, vingt ans après. Le fils de pute était arrivé à maturité. Ce serait entre eux deux maintenant. Car désormais, oh oui…

…ils se ressemblaient.

XXXXV

Jeudi 31 décembre 2015 - 20h51.

Les transmissions furent vite expédiées.

Réveillon oblige, le relais entre équipes avait été plutôt bâclé : « *Rien à signaler !* », « *Et buvez pas trop quand même, hein !* », « *On se revoit l'an prochain !* », « *Bon courage !* »… Les soignants oubliaient parfois que murs et patients avaient des oreilles.

Passée la phase de terreur, Régis lui, avait décidé de ne pas subir. Il se rebellerait. 2016 n'était pas écrite, elle ne serait pas juste une année de plus. Le message, le signal de la révolte venait de lui être délivré. C'était cela, l'évidence qu'il attendait depuis un moment. Sa trente-troisième année, comme un impérieux destin christique, serait celle du renouveau. Une résurrection. Ce service hospitalier ne serait pas sa tombe, cette chambre son mausolée, ces draps le suaire du « Roi »… L'Unité 5, l'Unité « Sainte » : D'Arc, Sandrine et ces murs, cette Trinité du prétendu « soin psychique » qui l'avait tant couvé, le privant finalement de la moitié de sa vie.

« Les Hommes fantasment la liberté plus qu'ils ne l'utilisent, ils la gardent précieusement sur une étagère au lieu de l'employer. Là, elle sèche, se racornit et meurt bien avant eux. Car la liberté n'existe que si l'on s'en sert. »[36]

Régis n'attendrait plus que sa liberté fane, que le champ de ses possibles s'étrécisse encore… Et que *Prédateur* passe à l'action, le piège, l'achève… L'apathie météorologique de ces dernières semaines, l'indécision ambiante, les cieux et les Dieux hésitant de concert ; cette anormalité était maintenant réglée. Les tempêtes hivernales étaient de retour, les éléments avaient hurlé hier. Prémonitoires.

« Inspecte ton propre esprit.

Y trouves-tu la paix ?

Sur un piédestal, je t'ai placé.

Haletant, voulant nager toujours plus loin.

Inspecte ton propre esprit.

Avec le temps, tu verras.

Tu cherches la vérité,

---

[36] Eric-Emmanuel Schmitt, *Petits Crimes Conjugaux,* 2003.

mais il n'y a rien ici.

Haletant.

Tu nages plus loin que jamais… »[37]

Il irait au bout de lui-même, quitte à n'y rien trouver. Il allait fuir…

« *Fuir !* »

***

C'est en revenant du dîner - auquel il n'avait presque pas touché - qu'il s'était décidé. S'en retournant à sa chambre, traînant sa peine et ses savates, il s'était soudain arrêté net. Ce numéro « 8 ». Cette cellule qu'il regagnait chaque soir, encore et encore, entre deux périodes à l'isolement, et depuis combien d'années déjà ? Ce putain de numéro « 8 », cette boucle éternelle, ce symbole de l'infini…

…la peine maximale.

Il savait qu'il était injuste de comparer au système carcéral tous ces gens qui l'avaient protégé. Mais la

---

[37] « *Look inside in your own mind. Do you find peace ? On a pedestal I put you there. Gasping air, swimming further than ever. Look inside in your own mind. In time you'll see. Seeking truth, but nothing's there. Gasping air. Swimming further than ever.* » - Rain, « Slur ».

donne avait changé, il était en danger. Cet hôpital nourricier et maternant n'était désormais qu'une enceinte close. Et on s'évadait de toutes les prisons de la même manière : en ouvrant la porte.

Régis les attendit pour le tilleul de 21h30. Il le refusa. Il patienta jusqu'à la ronde de 23h30. Poliment, il souhaita bonne année. Puis il les écouta festoyer avec l'équipe du service adjacent : *« Chut ! Les patients ! »* Des éclats de rire étouffés, puis sur les coups de minuit, des bouchons qui pétaradent malgré eux. *« Débouche dans l'torchon, merde ! »*. Sans excès, mais deux ou trois coupes :

« C'est pour l'occasion ! ».

En tout cas suffisamment pour assoupir un peu plus l'infirmier sur les coups de 2h. Il avait ses habitudes le *Toqué*. Lui qui emballait la télécommande de la télévision dans du cellophane, installait son plaid et son transat toujours de la même manière, comme un obsessionnel, puis se calait là pour *« son quart »* disait-il. Une paire d'heures de sieste, pendant que sa collègue trompait l'ennui en préparant les barquettes de pilules. Cela valait mieux que de lui tenir le crachoir. Avec le temps ils n'avaient probablement plus rien à se dire…

Un binôme de nuit, c'était un fonctionnement de vieux couple. *« La Vieille et le Toqué »*, presque une fable de La Fontaine. Du moment que l'un des deux veillait, et que les bips de sécurité étaient chargés de piles en état de marche ; l'institution s'en accommodait.

La reconnaissance due à la « pénibilité du travail » sans doute, avec le filet de bave en option, mais surtout - ce qui intéressait Régis - le trousseau de clés systématiquement logé dans la poche…

…Toujours celle de gauche chez *Toqué*.

XXXXVI

Vendredi 1er janvier 2016 - 3h31.

Il était resté étonnamment calme.

C'est maintenant, égaré en pleine nuit, qu'il aurait voulu hurler, exploser, déchirer ses poumons brûlants d'avoir tant couru droit devant lui.

« Plus de contrôle.

Plus de règles.

Ils essaient de mener nos vies selon leur conception :

Pas de libre pensée.

Pas de libre parole.

Pas de paix de l'esprit.

Ils font tout pour nous contenir.

Mais ils ne pourront jamais me faire taire,

aussi longtemps que je respirerai ! »[38]

Et voici qu'il respirait enfin ! Régis avait conjuré le sort. Le vacarme et l'adrénaline l'exaltaient. Il ne ressentait pas la morsure du froid. Il n'avait rien planifié, rien prévu, rien emporté, à part ses chaussures de marche, son épais manteau et son lecteur audio. Ce conseiller précieux et avisé.

Partir. Il avait fait ce choix pour lui, non pas pour prouver quelque chose ou braver qui que ce soit. Il s'était enfin servi de sa propre capacité à décider de son futur. C'était un acte anodin et coutumier pour le commun des mortels. Pour lui, infantilisé depuis toujours, cela avait une saveur nouvelle. Un goût de renaissance.

Régis s'électrisait.

Il virevoltait entre deux sauts, tendant ses bras pour repousser des enveloppes invisibles, des gaines étriquées et des écales étouffant dans la pénombre. Il tournoyait, une pirouette sans fin, fendant le vide au milieu des étendues labyrinthiques, s'étourdissant parmi la multitude éperdue qui défilait en clair-obscur devant ses yeux. Puis reprenant sa course masochiste, à en perdre haleine, il se laissait fouetter le visage pour jouir de la douleur. Défiant rameaux tendus et traits de pluie

---

[38] *« No more control. No more rules. They try to make you and me live life by their design: No free thought. No freespeech. No peace of mind. They make a move to confine. But they'll never silence me as long as I can Breathe! »* - Verse, « The new fury ».

glacés… Comme les lanières du martinet de son enfance. Il ne cherchait plus à tendre les bras pour s'en protéger…

« Peur. Avale-moi. Entier.

Vie : aide-moi. Prends. Contrôle.

Se sentir en sécurité.

Voler droit devant. »[39]

Il y était parvenu. Cavalcade. Fuite en avant… « *Allez tous vous faire foutre !* » Bondir. Où irait-il ? Ce n'était pas le problème. Trébucher. Que ferait-il au matin ? Ce n'était pas le moment. Se démener. Le rechercheraient-ils ? Ce n'était pas sa priorité.

Haleter pourtant, rechercher déjà un second souffle. Car petit à petit, l'excitation se laissait étouffer sous le poids des questions. Régis ne savait rien du Monde. Les bois, occultes et sans aucune ressource, n'étaient peut-être pas ce qu'il aurait de plus hostile à affronter. La forêt pouvait être rassurante en fait, hirsute et infréquentable autant qu'un hôpital psychiatrique. Il y serait peut-être en sécurité ? Caché, lui l'humain dépouillé, au milieu de chênes noueux et de hêtres émaciés.

Il avait quand même fait le plus dur.

---

[39] *« Fear. Swallow me. Whole. Life: Help me. Take. Control. Feel safe. Fly straight. »* - Basement, « Control ».

Le gros *Toqué* avait à peine grogné. La *Vieille* elle, était restée absorbée par son travail, commençant sans doute à piquer du nez, penchée au-dessus de ses gobelets et de ses semainiers. À la manière d'un joueur d'échecs réfléchissant à son prochain coup génial… Mais il n'y avait qu'un génie dans le lot, et c'était lui !

« Rex, rex, regem, regis »… Le « Roi ! »

Ils n'effectuaient leurs tours de surveillance qu'en duo. Le prochain n'aurait donc pas lieu avant le réveil de *Toqué* vers 4h30. On donnerait l'alerte avant l'aube. À moins qu'ils n'aient pas pris la peine d'ouvrir sa porte… Ils le faisaient parfois… Pourquoi prendre le risque de réveiller un patient qui dort, hein ? Qui a des problèmes de sommeil et qui est là, chambre 8, a priori, au même endroit, depuis des années…

À la relève, 6h30, Régis serait loin. Ou pas tant que ça en fait… Mais il était sensé avoir le Monde devant lui, tous les points cardinaux, et une infinité entre chacun d'eux : toutes les directions… On penserait ainsi qu'il avait pris la poudre d'escampette, et parcouru le plus de chemin possible. Les jambes à son cou d'abord, puis en auto-stop par exemple, ou en fraudant un bus, peut-être un train… *« Allez savoir, Monsieur le Directeur ?… »*

Quoiqu'il arrive, ce serait trop tard.

XXXXVII

Vendredi 1er janvier 2016 - 8h12.

L'acceptation aussi est un déni.

Sandrine connaissait les étapes du deuil. Elle les avait apprises, enseignées. Elle y avait cru. Les avait vécues même, pour des proches et des moins proches. Mais elle n'avait jamais eu à faire « le deuil d'elle-même ». De l'idéal vers lequel elle voulait tendre. L'inaction, l'indolence, le lâcher prise, avait toujours été exclus de son vocabulaire. Refuser cette évidence, cette fragilité, nier la possibilité d'une fêlure, c'était sa sécurisation interne, sa carapace imaginaire. Mais elle aussi pouvait être atteinte finalement, mise à terre même, piétinée par la ruade des émotions. Elle l'acceptait à présent, pensait-elle. Mais seulement pour avoir la paix, pour ne plus avoir à lutter, ni à en identifier les causes réelles et inavouables.

Une semaine de complaisance.

Elle ne voulait pas s'en culpabiliser. Elle y avait droit comme n'importe qui, comme toute personne qui donne sans jamais recevoir. Car l'hôpital ne rend pas à ceux qui offrent corps et âme à l'institution. Ceux-là croient faire du bien aux autres et sans doute mériter en retour. En réalité, ils pansent leurs propres plaies, règlent leurs propres contentieux, comblent parfois leurs propres manques. Ils entretiennent ainsi leur satané vécu d'insatisfaction. Et Sandrine elle, avait reçu le verdict frontalement.

Car prendre soin est un acte foncièrement gratuit.

***

Le téléphone sonna. Qui pouvait bien l'appeler aux aurores un jour de l'An ?…

- Allô ?

- Sandrine ! Il est parti !

- Hein ? Qui ? De quoi tu parles ?… Et d'ailleurs, ça va pas d'appeler si…

- Régis ! Il a fugué !

- …

Elle accusa le coup. Décidée la seconde précédente à envoyer paître sa collègue, elle sentit tout son être se décomposer. Un château de cartes ébranlé au premier courant d'air. Plus de joker, aucun atout à jouer. Elle passait son tour cette fois, elle se couchait…

- Il est parti Sandrine. J'ai pensé que tu voudrais être prévenue.

- …

- Tu es là ?… Pfff, on est pas bien non plus, tu sais… Les recherches vont être lancées dans la matinée. La gendarmerie est prévenue… C'est chaud ici…

- Merci d'avoir appelé.

Et elle raccrocha sans plus attendre.

Elle reposa son portable et saisit la télécommande de sa chaîne hi-fi. Tromper le silence, s'étourdir. Masquer le raffut de son cœur qui tambourinait dans sa poitrine. Le petit flacon de *Bromazepam* sur sa table de chevet se dévissa, seul aurait-on cru, de sa propre volonté. La vingtaine de barrettes restante se déversa machinalement dans sa bouche. La drogue se dirigea d'instinct, telle la semence qui ondule à tout prix pour donner la vie ; le « *Lexo'* » alla féconder un coma salvateur.

Une Alice tombant sans fin vers le « Pays des Merveilles »…

Sandrine eut l'impression de s'enfoncer dans le matelas de son lit. À l'évidence, un gouffre s'y était formé et l'avalait. Une chute au ralenti en guise de sauve-qui-peut. Elle était dévorée par la culpabilité, un monstre cyclopéen à l'appétit sans bornes. Le faillite s'éternisait dans l'œsophage du soupçon, aux parois molles et âcres comme celles d'une prison nihiliste. Elle et ses espoirs déçus allaient être digérés par les sucs…

« Est-ce tout ? Je rêvais de tellement plus.

Entre la Fin et là où nous avons menti,

tous nos espoirs et nos rêves ont été balayés,

et introduits dans ces machines

qui se nourrissent de nos yeux évidés.

Mes songes m'ont toujours menée

bien au-delà de ces cieux trompeurs et fluorescents.

Je sais qu'il doit y avoir quelque chose d'autre.

Si seulement je pouvais trouver la porte,

alors je pourrais me libérer et voir le Monde au-delà.

Où la lumière s'abat sur vous

et fait briller la grisaille qui dort sous votre crâne.

Où le point du jour enflamme

la suie qui étouffe votre âme.

Pour l'heure, je détiens une clé,

et bien que je risque de me perdre,

je sais que je vais trouver mon chemin.

Je cherche sans cesse,

mais à chaque fois que j'ai pensé être proche,

de la fumée et des miroirs m'ont égarée. (…)

Je guette les issues dans la brume,

ce tortueux labyrinthe, cet électrique crépuscule.

J'ai entendu dire qu'il en est une

qui mène aux terres ensoleillées… »[40]

---

[40] *« Is this everything. I've dreamed of so much more. Between the end and where we lie here all our hopes and dreams are scavenged from the floor and fed into machines that feed on vacant eyes. All of my dreams, always find me far beyond these fake fluorescent skies. I know there must be something more. If I could only find the door then I could free myself and see the world outside. Where daylight breaks on you and shines into the grey that sleeps beneath your skull. Daylight breaks on you and burns away the grey that suffocates your soul. For now I hold a key, and though I may be lost I know that I will find my way. I search endlessly but every time I've thought that I was near the smoke and mirrors lead me astray. I look for exits in the haze, the dense electric twilight maze. I've heard that there is one that leads to sunlit lands… »* - Thrice, « Between the end and where we lie ».

XXXXVIII

Vendredi 1er janvier 2016 - 11h.

Au petit matin, un désarroi abyssal.

L'aube pluvieuse avait douché son enthousiasme. Des heures plus tard, ses poumons sifflaient encore. Ses joues lacérées piquaient, constellées d'éraflures, elles s'attisaient au passage de chaque goutte de sueur, taraudées par le sel. La douleur au moins, le maintenait éveillé. Un gage de vie. Il toussait et avait déjà dû retenir plusieurs vomissements. Une bile obscure, une acidité saccageuse, un mauvais sang rongeur ; son estomac, mais tout son corps aussi, se contractait dans la froidure du levant.

Il était couvert de boue.

Éreinté, gourd, il avait grimacé un peu plus tôt, quand son dos, endolori par les multiples chutes, avait exigé de ralentir le rythme. Puis il avait regardé ses mains sales, et compris que la plus folle des espérances a souvent la plus courte des durées de vie. Il s'était piégé tout seul. Sous sa veste en effet, l'uniforme des bannis…

…le pyjama rayé.

Un extraordinaire désespoir l'avait alors envahi. Dans l'impulsion de la fuite, il s'était préoccupé des conditions météorologiques, mais à aucun moment il n'avait pensé à passer des vêtements « normaux », civils, civilisés… Avec cet accoutrement, il était comme une cible clignotante à abattre, un traître à la table des Saints avec une marque sur le front, un fuyard avec une balise GPS greffée sous la peau…

…un déserteur enfermé dehors.

« L'esprit et le dos brisés.

Mes mains calleuses, tremblantes ;

cette douleur que vous charriez pour moi.

Mon chagrin et mes squelettes,

ce poids que vous supportiez,

et qui n'était pas de ma lignée.

Évanoui en plein soleil,

je considère ces fardeaux

comme les miens.

Mais tout ce que vous voyez,

c'est le salaud en moi. »[41]

Déboussolé, sans but - en avait-il jamais eu un ? - il marcha encore un moment. Il suivait un sentier factice dans un environnement cahoteux, alternant dénivellations rocheuses et vallons en pente douce recouverts de couches successives : humus aux effluves torréfiés, mousses lumineuses d'un vert crépitant, et feuilles mortes disposées dans un fatras désinvolte… La nature, et son bazar ordonné, lui était étrangement familière… Puis elle lui offrit un abri.

Il trouva refuge sous un arbre-symbole. Encore un signe qui lui était adressé. Le géant de sève et d'écorce luttait pour son équilibre sur le bord d'un talus, prêt à basculer dans le vide. Autant que Régis, il manquait de chuter à chaque instant, en position précaire par le jeu de l'érosion et des glissements de terrain antérieurs. Avec des trésors d'adaptation naturelle, le colosse suppliait pour sa survie et pleurait des racines, tendues, dardées vers le sol plus d'un mètre en-dessous. Dans sa tentative désespérée pour retrouver une stabilité de substitution et un ancrage fragile, il avait ainsi formé une alcôve naturelle et accueillante. Un arbre-cage pour un oiseau échappé de la sienne…

[41] « *My broken spirit and back. My calloused, shaking hands. The ache I carry in them. My grief and skeletons. The weight you carried inside, a weight that ain't my bloodline. Black out to sunlight. I count these burdens as mine. And all you see is that bastard in me.* » - Defeater, « Bastard ».

« Et si la porte était grande ouverte,

voudrais-tu rester et y réfléchir à deux fois ?

Te contenterais-tu de ce que tu as ?

Ne changerais-tu pas d'avis ?

Parfois le meilleur est à venir.

Certains jours, tu penses que ça ne se produira jamais.

Parfois tu renonces à tout espoir,

d'autres jours tu es comblé.

Et maintenant je sais pourquoi

les oiseaux en cage chantent encore.

Il y a de l'espoir pour nous tous,

tu dois juste continuer d'y croire.

Maintenant je sais, oui maintenant je sais

pourquoi les oiseaux en cage chanteront toujours… »[42]

---

[42] *« And if the door would be wide open, would you stay and just think twice ? Would you'd be happy with all you got ? Wouldn't you maybe change your mind ? And sometimes it can be better. Some days you think it never will. Sometimes you will give up hope, other days you will fulfill. And now I know why caged birds sing. There is hope for all of us, you just have to keep believing in. And now I know, now I know why caged birds sing... »* - Tim Vantol, « Caged birds ».

XXXXIX

Samedi 2 janvier 2016 - 1h48.

La faim le réveilla en pleine nuit.

Lové en position fœtale dans son nid de fortune, protégé par la voûte racinaire depuis plus de douze heures ; Régis s'était effondré là, sans crainte, jusqu'à être happé par les papillons noirs et la sombreur vespérale. Une onde jaunâtre et odorante était venue le réchauffer un moment. Mouillé pour mouillé… La délivrance de sa vessie le tranquillisait depuis toujours, et dans les pires moments.

Il ne se souvenait pas d'avoir éteint son MP3. Pendant que lui, reconstituait ses forces, l'appareil avait vidé sa charge. Il s'était mis en veille, bizarrement, sentant son maître inattentif aux messages qu'il tentait de diffuser. Peut-être aussi n'avait-il pas apprécié le froid. En tout cas les batteries s'étaient consommées presque intégralement… Avant de s'inquiéter de ses propres besoins d'énergie, Régis redoutait de devoir se sevrer de musique pour les prochaines heures…

…Jours ? Semaines ?…

« La distance n'y fait rien, c'est le premier pas qui coûte. »[43] Certes, mais maintenant qu'allait-il devenir ? Qu'on le recherchât activement ou non, cela importait peu. L'administration pouvait tout aussi bien tabler sur un retour spontané, une localisation fortuite, ou même sur sa mort… C'était prendre un pari fou ! Mais il l'était aussi, fou de croire cela : les instances n'aimaient pas les déséquilibrés en cavale, n'est-ce pas ? On le traquait forcément déjà. Où se trouvait-il d'ailleurs ? Combien de kilomètres avait-il réellement parcourus ? Il n'était qu'un aliéné en plein délire, un naïf mystique qui faisait sa crise d'émancipation. Dans le vertige de sa course nocturne, il avait pensé filer tout droit, mais il s'était sans doute fourvoyé. Il avait peut-être même tourné en rond sans s'en rendre compte, dans cet environnement sans repères…

La grêle se mit à tomber dru.

Les billes blanches parvinrent à se frayer un chemin jusqu'à lui, rebondissant, ricochant, de cabrioles en éclats de glace. Le grondement fut infernal et bref. La giboulée stoppa net, comme si la nuit, cynique, avait juste voulu renverser sur lui un seau de graviers. Mais

---

[43] Madame Du Deffand, *Correspondance*, 1763.

cette arène-là gelait le sang et agressait la peau. Régis se sentit soudain plus seul que jamais.

Devait-il rentrer ?

Il sourit à cette pensée. Un triste sourire. Il avait pleinement conscience d'avoir franchi le point de non-retour. « *Le temps emporte sur son aile et le printemps et l'hirondelle, et la vie et les jours perdus. Tout s'en va comme la fumée. L'espérance et la renommée.* »[44] De Musset avait mille fois raison. Perdu là, dans sa stalle boueuse, son souffle enfumant l'air en battant la mesure de la panique qui gagnait ; Régis ne reverrait peut-être jamais le printemps. Ni les fleurs ni l'espérance éclore à nouveau. Ni les hirondelles agiles batifoler à tire-d'aile au ras de l'herbe…

Ni le réconfort de Sandrine le couvant du regard…

La pensée de l'infirmière anéantie par sa fuite le secoua de spasmes et de sanglots cuisants. Elle ne le supporterait peut-être pas. Il l'imagina un instant, puis se reprit aussitôt : quel hypocrite il faisait ! Les états d'âme de ceux qui se souciaient de lui n'avaient jamais été une priorité, il devait bien l'avouer… La culpabilité est parfois la pire des vanités. C'est la prétention de croire qu'on aurait pu faire mieux, du moins autrement… Régis avait simplement fait comme il avait pu, avec ses moyens et sa lucidité tronqués. Comme tout réflexe, celui de survie était irréfléchi.

Il toussa à en cracher ses poumons.

---

[44] Alfred De Musset - « À Juana », *Premières Poésies*, 1829.

C'est la bile qui vint. La quinte le prit tel un moteur qui suffoque, en manque d'essence. L'expression lui allait bien. « *Tousser comme un perdu* », disait-on aussi, ou comme un phoque moqueur ?… Grotesque image. Absurde situation. Il offrait un théâtre pathétique. Sans spectateur. Zéro entrée payante. Pas de bénéfice. Aucun intérêt. À part une fièvre qui montait. Il était déjà brûlant.

Il se rendormit, recru et nourri de reproches.

L

Samedi 2 janvier 2016 - 14h17.

Ne pas rester là, à attendre de pourrir.

Régis ne prétendait pas connaître la tournure que prendrait son « équipée sauvage ». Mais il savait une chose : il n'avait pas fui pour reproduire ailleurs le même schéma, et stagner à nouveau à la première hésitation, à la moindre difficulté. L'indécision n'était qu'un moyen de différer sa propre mort en refusant de choisir. Et, bien assez longtemps, il avait eu l'indécision pour unique projet de vie.

Il avait repris sa marche.

Sans trop se poser de questions, avançant à l'aveuglette dans le plein jour, abêti par la fièvre qui tonnait à ses tempes. Il devait se faire confiance. Une direction en vaudrait bien une autre. Il n'aurait pu dire s'il venait alors de bifurquer, d'obliquer, de dévier… ou de rebrousser chemin. Pas de soleil ici, pas d'étoiles ni de sextant pour guider le « Capitaine Psychose » et son bateau ivre… La pluie, obstinée, l'accablait et l'enveloppait à la fois. L'eau et son écoulement inexorable, ce crépitement continu sur sa capuche, la cravache revigorante des ondées sur son visage… Il se plaisait à penser qu'il luttait alors contre les éléments, qu'il avançait quoi qu'il en coûte ; cela l'encourageait.

Avant de repartir cependant, la faim l'avait tenaillé. Quarante-huit heures qu'il n'avait quasiment rien avalé. Régis s'était échoué toute sa vie sur une sorte d'« île mentale » inhospitalière, mais il n'avait rien d'un Robinson. Aucun moyen de faire du feu avec cette hygrométrie digne des côtes amazoniennes… Il ne connaissait rien aux racines ou aux baies, ni aucune astuce de la vie sauvage. Il n'avait pas non plus sous la main le cliché de l'ami imaginaire pour lui porter conseil. Aucun schizophrène n'avait son « Jiminy Criquet » ou son « ballon Wilson »… C'était bon pour les films d'Hollywood.

Lui n'avait eu que des glands déjà « bien avancés » à se mettre sous la dent. Ça au moins, il était à peu près sûr que c'était comestible. L'astringence et le tanin rendaient par contre la dégustation très pénible. Voire douteuse. Mais même la pire des amertumes devenait un détail quand l'estomac se tordait, comme on souque un linge mal essoré.

Une clarté timide l'avait accompagné toute la journée. Un gris monotone, en toile de fond des rares trouées forestières, avait perverti sa notion du temps. Et la nuit qui n'en finissait plus de tomber… Puis il distingua des bâtiments. Il avait tant erré dans la densité végétale, des fougères décaties et des herbes hautes, que son œil sentit immédiatement une « discontinuité ».

Son sang se figea.

« *D'abord s'assurer qu'il n'y a personne !* » s'ordonna-t-il. Il prit alors la mesure du paradoxe de sa situation et de ce qu'il en attendait réellement : il avait quitté l'isolement et une existence vide de sens pour craindre maintenant de rencontrer le premier inconnu. Il repensa à Robinson : comme lui, il était tétanisé à l'idée de croiser un de ses semblables, si convaincu justement de sa « dissemblance »… Il connaissait ce passage presque par cœur, une profession de foi :

« Quelle œuvre étrange et bizarre de la Providence que la vie de l'Homme. (…) Aujourd'hui nous recherchons ce que nous fuirons demain ; aujourd'hui nous désirons ce qui demain nous fera peur. (…) J'étais alors un vivant et manifeste exemple de cette vérité ; car moi, dont la seule affliction était de me voir banni de la société humaine, seul, (…), moi, pour qui la vue d'un être de mon espèce aurait semblé un retour de la mort à la vie (…) ; moi, dis-je, je tremblais à la seule idée de voir un homme, et j'étais près de m'enfoncer sous terre à cette ombre, à cette apparence muette… » [45]

---

[45] Daniel Defoe, *Robinson Crusoé*, 1719.

Mais il ne vit personne et personne ne le vit.

Après sa dérive onirique, il avait donc fini par accoster un îlot de vrai, peut-être un continent de réel, une contrée habitée… Une zone industrielle en tout cas. Dépeuplée. On était samedi, un peu après 17h. Il n'y aurait pas d'activités humaines ici avant lundi matin probablement. Une éternité. Il était à bout de forces.

La « SCI-TDM ».

À en juger depuis son poste de guet, dissimulé sous les frondaisons, c'était là une enfilade de quelques hangars indifférenciés, fermés certes, mais sans sécurité excessive évidente. Après un moment d'hésitation, il s'élança hors des fourrés et escalada sans peine la frêle clôture grillagée peinte en jaune. À l'intérieur, une cour, et à l'opposé, après un portail symbolique, une route. Non pas un embranchement mal goudronné, en cul-de-sac, qui aurait mené jusqu'à ces entrepôts comme dans une impasse ; mais…

…une vraie route.

Pas très large, bordée par l'usine et par une haute haie arborée de l'autre côté, une voie campagnarde, mais une route tout de même, à double sens, une fine veinule, une canalisation certes secondaire, mais qui menait au Monde, à la vie… Il passa devant les engins de chantier au repos, et traversa le vaste espace bitumé. Arrivé au portail, il regarda à droite, puis guetta à gauche. Aucun véhicule en vue. Sur l'accotement, au loin, un grand panneau de signalisation planté dans l'herbe annonçait un rond-point à venir aux automobilistes. Le symbole cerclé indiquait trois sorties, et une des flèches était explicite : « H »…

…« H » comme « Hôpital ».

LI

Dimanche 3 janvier 2016.

Il était sorti de sa léthargie en fin de matinée.

La vie à l'hôpital vous constituait une condition physique déplorable. Régis avait toujours été grand et fin. Ses balades quotidiennes dans un parc de quelques dizaines d'hectares lui permettaient tout juste de ne pas prendre trop de poids. Et s'il ne fumait pas beaucoup, ni son souffle ni ses muscles n'avaient été entraînés à pareil effort. Pendant deux jours, il avait été dopé par l'adrénaline, mais la réalité le rattrapait. Il était ankylosé, souffrait de contractures. Il s'était hydraté insuffisamment. Les quantités d'eau qui s'étaient déversées du ciel avaient trompé sa soif… Il crevait d'angoisse aussi. Bientôt trois jours sans psychotropes. Un sevrage brutal qui donnait le tournis. Cette netteté de perception lui était presque inédite, mais terrifiante à la fois. Une barrière de sécurité commençait à se lever. Et l'inconnu sur l'autre rive…

La cabine d'un chariot élévateur l'avait recueilli.

Il avait donc mis si peu de distance entre lui et ce maudit hôpital ?… La découverte l'avait d'abord abattu. Puis il s'était redirigé vers l'angle du premier hangar, là où les machines stationnaient, se rechargeant à leur prise électrique. Un genre de cordon ombilical… Pourquoi n'en allait-il pas de même avec les êtres humains ? Un bouton « marche avant », un coupe-circuits, un klaxon, une précision mécanique, une électronique infaillible… Gerbeuses, trans-palettes : il s'était retranché dans la première venue. Un « fenwick » rouge, aux minces portières de plastique, mais qui lui avait assuré une loge à l'abri des assauts du vent et des acrimonies de l'hiver enfin là. Cette rudesse à l'extérieur, ce froid au-dedans, cette torpeur en lui…

Il s'était effondré.

Plus tard, une toux sèche le secoua. Des quintes persistantes, sans expectorations, qui mettaient ses muqueuses à vif sans les soulager, et qui serraient toujours un peu plus l'étreinte autour de son crâne. Il s'était regardé dans le rétroviseur.

Une mine à faire peur.

Parsemé de poils épars, creusé par la faim et les affres ; un visage griffé de toutes parts, celui d'un guerrier défait, couvert de peintures tribales… Il s'empara de la montre bas de gamme accrochée autour du petit miroir. 11H45. L'heure à laquelle il avait aidé des années durant à mettre la table dans le réfectoire... Son ventre implorait...

Mais son supplice prit fin.

Sous le siège, une bouteille en plastique et un emballage de sandwiches industriels barré d'un sigle « XXL » criard. Quelques centilitres d'eau et un des trois triangles de pain avaient été laissés là. Un scrupule de l'ouvrier. Ou un dégoût ?... Une mie grise à la mâche cotonneuse. Un jambon qui devait contenir plus de protéines amalgamées que de viande de porc. Et ce fromage orangé, luisant, façon dérivé de pétrole. Mais qu'importe, il se jeta dessus à pleines dents, sans faire la fine bouche... Et s'il s'agissait là de son dernier repas ?

Hors de question !

Terminé l'abattement. Il était tranquille pour la journée. Jusqu'à demain. Rester au chaud, se rassembler, se restaurer... Puis il marcherait en fin de nuit, suivrait cette route où qu'elle menât. Elle ne devait pas être très passante. Départ 6h. Avant l'arrivée du personnel. Après le lever du jour, il trouverait un autre refuge. Économiser ses forces. Ne pas être vu. Son pantalon d'hôpital était presque indécelable désormais, sous la saleté et sa parka trop grande...

« Premièrement, on grimperait à un arbre

et peut-être qu'alors, on parlerait.

Ou bien resterait-on assis en silence,

à écouter nos pensées.

Avec l'illusion d'un jour s'écoulant

dans une lumière dorée.

Pas de répétition générale, c'est cela notre vie.

Et c'est là que le frelon m'a piqué.

Et que j'eus ce rêve fiévreux,

fait de vengeance et de doute.

Ce soir, faisons-les partir en fumée. (…)

Longtemps coincée dans le linceul du matin,

la journée a commencé ensuite.

J'ai chassé tes nuages, tu as repoussé ma main.

La pluie s'est abattue,

et elle est tombée encore toute la nuit.

Pas de répétition générale, c'est cela notre vie. »[46]

---

[46] *« First thing we'd climb a tree and maybe then we'd talk. Or sit silently and listen to our thoughts. With illusions of someday casting a golden light. No dress rehearsal, this is our life. And that's where the hornet stung me. And I had a feverish dream, with revenge and doubt. Tonight we smoke them out. Stare in the morning shroud and then the day began. I tilted your clouds, you tilted my hand. Rain falls in real time and rain fell through the night. No dress rehearsal, this is our life. »* - The Flatliners, « Ahead by a century ».

La nourriture planquée sous le siège, la photo scotchée sur le tableau de bord (une femme nue permanentée et gonflée au silicone), la fourche du chariot à l'arrêt maintenue en position haute… Il remercia l'agent peu à cheval sur le règlement, et qui venait peut-être de le sauver de l'inanition… Robert, Bernard ou Marco, quel que fût son prénom : « *Merci !* ». Régis rit. L'espoir gonflait à nouveau…

…comme cette bouffe infâme dans ses boyaux.

LII

Lundi 4 janvier 2016 - 5h32.

« Entrouvre ton cœur, contemple les chairs,

cette pulsation parfaite, fine comme du papier.

Extrais tes yeux, la lumière éblouit.

Au fond de ces larges failles : ton brillant esprit.

"Nous manquons de temps, nous n'irons jamais bien.

Ce monde n'est qu'un désastre déguisé…"

Mais tu l'ignores. Et nous avons peur de l'inconnu.

Eh bien, j'ai la certitude

que tu en sais plus que tu ne le penses.

Car tes os creux, seuls ne peuvent quitter le ciel.

Tes plumes tombent sur le sol, en contrebas.

Je te vois parfois. Bientôt nous atterrirons côte à côte.

Il fait jour, et le soleil brille dans ton regard. » [47]

Juste une chanson. Dans la nuit. Encore une. Pour se tranquilliser, pour avoir sa dose, pour obtenir un bon conseil, un appui, la confirmation qu'il faisait le bon choix. Une illumination, fût-il trompeuse… On était le quatrième jour de janvier… Soixante-six jours que le Diable était réapparu à l'EPSM… « *66 !* », le nombre de Dieu, le nombre de livres de la Bible, celui de la « *confiance en l'Univers et en vos anges qui vous soutiennent, et vous aident à axer vos émotions sur l'atteinte de vos objectifs.* » disait la numérologie… C'était son jour !

Le voyant rouge clignotait depuis hier soir. Il ne devait rester que quelques minutes de musique. Ce serait les dernières. Pour une occasion particulière… Il avait peu dormi, après une journée entière d'inactivité, engoncé dans sa cabine exiguë. Il avait mal au dos. Il craignait surtout ce qui allait se produire ensuite. Que n'aurait-il donné pour quelques gouttes de tranquillisants…

---

[47] « *Rip out your heart, show you the skin, perfect pulsing paper thin. Pull out your eyes, how the light does shine. Inside those gaping holes : your brilliant mind. "There's no time, we'll never be fine. This world's just a disaster in disguise..." And you don't know. And we're scared of the unknown. Well I know you know more than you think you know. Cuz your hollow bones can't leave the sky alone. Your feathers falling for the ground below. I'll see you sometimes. We'll fall in side by side. It's daytime and the sun shines in your eyes.* » - RVIVR, « Paper Thin ».

5h54. Une ambulance silencieuse, aux gyrophares chatoyants vint bleuir l'obscur de ses à-coups violents. Et donner le signal du départ. Une sourde alerte. Il crut un instant qu'une unité d'intervention d'élite investissait les environs pour le cueillir. Un négociateur l'interpellerait alors dans son mégaphone, intimant au forcené de se rendre sans résistance… Il tressauta, ouvrit la portière précipitamment et manqua de glisser.

Il ne pouvait plus rester là. Il avait peut-être fait une belle connerie… Il aurait dû repartir en pleine nuit… Mais non, la chaussée était déserte. Ce n'était qu'une route de campagne… *« Respire ! »* L'ambulance était d'ailleurs un des très rares véhicules qu'il avait vus depuis samedi soir. La vie, les activités commerciales et industrielles, les déplacements professionnels, tout cela recommencerait pourtant dans les prochaines heures. Sandrine aussi était sensée reprendre aujourd'hui, ce matin peut-être…

6h08. Il marchait depuis peu sur le côté gauche de la route, quand les premiers phares le saisirent déjà, sans prévenir, à la sortie d'un virage serré. Tel un gibier ahuri, il ne sut pas quoi faire. Il était à peine visible, vêtu de glaise et de sang, une ombre hébétée qui n'avait rien à faire là. Traverser devant le bolide ? Rester là et risquer la collision ? Grimper le talus abrupt qui paraissait infranchissable ?

La voiture était sur lui…

Et elle fit crisser ses pneus, accablant ses freins. Le cœur de Régis aussi suspendit sa course. Il s'était accroupi, la tête réfugiée dans ses bras croisés. L'éclat jaune était puissant, comme on braque un coupable qui s'évade. Le moteur tournait encore, la portière s'ouvrit. Il vit l'ombre muette sortir du véhicule, puis s'allonger sur le sol jusqu'à lui, menaçante, chevelue, hors de proportions. Ses pas, des talons, à la cadence martiale, résonnèrent comme dans un couloir, le couloir de la mort, la sienne, assurée… Il leva les yeux et dans le halo irréel ceignant la tête de cet ange funeste, il la reconnut.

L'*Étudiante.*

Le *« voile rouge »* fut instantané. Le ressaut mécanique. Le bond agile. L'empoignade autoritaire. Son cou délicat. Ses carotides qui pulsaient. Il ne voulut pas l'abîmer. Il serra. Et serra encore. En pleurant, en faisant rouler ses muscles masticateurs. Ses yeux : *Elle* ne comprenait pas. La mort fut là bien avant. Il crut faire exploser sa jolie tête, écarlate, déformée. Les râles et les borborygmes. La raideur et l'engourdissement. Un pantin fantoche, coupé de ses fils. *Elle* tomba sur le sol humide. La poupée de chiffon était morte. La malédiction avec.

La démoniaque Lilith ne le hanterait plus.

LIII

Lundi 4 janvier 2016 - 6h20.

Régis ne savoura pas son acte.

Il en était incapable. Le faisceau hurlant, son pouls aveuglant, tous ses sens, et jusqu'à sa vie : dans une ardente alerte. « *Lâche ! Vois ta vraie nature !* » Mais il n'y voyait plus rien.

« Des visions floues de notre passé,

et l'inconnu occultant le chemin. »[48]

Il avait fait demi-tour.

Un gué infranchissable, un salut désormais impossible, sa rédemption perdue, son calvaire éternel. Un chemin de croix. Sans le vouloir, il revenait sur ses

---

[48] *« Blurry visions of your past, unknown mask up ahead. »* - Verse, « Suffering to live, scared of love ».

pas, sur cette route qui ne menait nulle part. Il rentrait au dernier refuge connu. La fin était proche.

Inéluctable et méritée.

Son corps se désolidarisait de son esprit ravagé. Miséricordieux, il lui commandait de refuser le repli total qui suivait chaque fois les crises. Ses mains, instinctivement, avaient remis en marche la bande-son de sa vie.

« Cette voie nous conduira-t-elle

à la béatitude…

ou à une mort certaine ? »[49]

C'était donc là sa valeur ?

Un nuisible, un pillard, qui écrasait, chosifiait et tuait ceux qui se dressaient sur son chemin. Tout ce qu'il méprisait en fait chez celui qui l'avait persécuté et contraint à fuir : *Prédateur*. Il ne valait pas mieux que lui alors ! *« Œil pour œil »*… La loi de la jungle et celle du plus fort… *« Dent pour dent »*… Il revit son air rigolard, sa jubilation, ses gestes ignobles à la fenêtre quelques jours plus tôt… *« Lèvre pour oreille »*…

Et il comprit soudain !…

« Accablé, le poids du monde sur les épaules.

---

[49] *« Will the path we choose to take lead us to bliss... or to our certain death ? »* - Verse, « Suffering to live, scared of love » (suite).

Allons-nous rester assis, comme paralysés,

en quête d'affection, sans soutien ? »[50]

Ses dernières défenses s'effondraient ; il se dit qu'il l'avait toujours su, au fond. Ce pressentiment d'une filiation abjecte. Ce lien méfiant de la chair et de l'abus, de l'effraction originelle. Cet inceste d'un chasseur sur sa proie, de la Perversion sur son enfant la Honte. Il le haïssait, mais se haïssait plus encore…

« À genoux, dans une société

où tout nous est dicté. »[51]

Assez de colère, fini de lutter. On ne voulait pas de lui. Débordé par les larmes, il avait laissé ses jambes seules le porter en direction des machines de manutention dans l'enceinte de l'usine… Il s'était sauvé de l'oppresseur, il avait vécu l'exode, cherché sa révélation divine, et son Éden. Mais il était bien seul ici-bas. Il n'y avait rien. Le « Roi Régis » n'était qu'un mirage recherchant une chimère. Un « sans nom »…

« Maintenus sous un torrent d'émotions,

le sommeil n'est plus qu'une route inconnue. »[52]

---

50 *« So weighed down, we've got the weight of the world on our shoulders. Will we sit still in a state of paralysis waiting for love to hold us ? »* - Verse, « Suffering to live, scared of love » (suite).

51 *« Knee deep in a society where we learn to do just what we're told. »* - Verse, « Suffering to live, scared of love » (suite).

52 *« Keeping us all high on emotion overload. Sleep : just an unknown road. »* - Verse, « Suffering to live, scared of love » (suite).

Pas question de sombrer encore dans l'abattement, le réconfort de l'inertie, la couvaison du sommeil. Il se retrouvait acculé… Il leva la tête et lut : « SCI-TDM » :

« Schizophrène Criminel Ingrat - Tu Dois Mourir »

Les messages convergeaient, clairs à présent. Agir, cette fois. Peut-être la dernière.

« Solitude et isolement sont devenus

notre définition de la sécurité.

Abandonnez tout. »[53]

Il débrancha l'alimentation du chariot élévateur. Ce câble de vie serait sa bride à lui, son licol, le garrot qui jugulerait l'hémorragie. Un « garde-fou ». On devait l'arrêter, y mettre fin. Lui seul devait stopper l'escalade, la succession de mauvais choix et de mauvais sorts qu'avait été sa vie.

« Mettez-vous en rang sur la ligne.

Dévoilés, plus nus que la nudité même. »[54]

Il passa le nœud coulant par-delà la fourche de l'engin. Au-dessus de sa tête, sévère, elle menaçait, solide, accusatrice. On aurait dit que la potence avait été préparée pour lui. Et le bourreau n'avait même pas fait le déplacement.

---

[53] *« Definitions of safety become our seclusion's solitude. Abandon all. »* - Verse, « Suffering to live, scared of love » (suite).

[54] *« Put ourselves out on the line to bare it all in the nude. »* - Verse, « Suffering to live, scared of love » (suite).

Le jugement était acté…

« Masses apeurées, vacillant encore

pour une devise sur une étoffe à trois couleurs.

Condamnez tout ce que vous voudrez,

vous serez toujours l'unique malade. »[55]

Ses voies respiratoires s'obstruèrent instantanément. Sa face asphyxiée vira au rouge. Puis l'ischémie cérébrale cyanosa son visage. Et ses extrémités blanchirent alors que ses pieds battaient le vide, pris de convulsions. Son crâne entrait en fusion, exorbitant ses yeux. La bave éruptive et sa langue protruse lui donnaient l'air de se vomir lui-même.

« Car nous peinons tant à vivre.

Nous avons peur de l'amour.

Et nous souffrons… »[56]

La musique et le cerveau de Régis s'apprêtaient tous deux à cesser de fonctionner. Dans un ultime signal électrique, sa conscience perçut encore au loin la voix de Sean Murphy et les scintillements bleus, blancs et rouges des véhicules arrivés sur les lieux du drame. Quand enfin, le bourdonnement se fit.

---

[55] *« Scared people, still swayed by expression on three color fabric. Condemn all you want, you're still the one who's sick. »* - Verse, « Suffering to live, scared of love » (suite).

[56] *« We are suffering to live. We are scared of love. And we are suffering... »* - Verse, « Suffering to live, scared of love » (fin).

Assourdissant d'abord. Puis terminal.

Et comme il mourrait finalement, son corps pantelant repeint de tricolore ; il étouffa de ce pays où il n'avait jamais eu de place. De cette vie inutile, vécue pour rien. Et de ces autruis qui ne lui avaient accordé que malheur, inquiétude et ténèbres…

Le nuit se fit pérenne.

Le vide perdit contours.

Et la mort accueillit ses silences.

***

« Pas d'aile, pas d'oiseau, pas de vent,

mais la nuit.

Rien que le battement d'une absence de bruit. »[57]

---

[57] Eugène Guillevic, *Sphère*, 1963.

Références discographiques.

Page 16 : Defeater, *Abandoned*, Epitaph Records, 2015.

Page 20 : Title Fight, *The Last Thing You Forget*, Run For Cover Records, 2009.

Page 25 : Have Heart, *Songs To Scream At The Sun*, Bridge Nine Records, 2008.

Page 58 : Jamie Rhoden, *acoustic cover*, unreleased, 2011.

Pages 73 & 165 : Title Fight, *Floral Green*, Side One Dummy Records, 2012.

Page 88 : Another Breath, *The God Complex*, Panic Records, 2009.

Page 91 : La Dispute, *Somewhere At The Bottom Of The River Between Vega And Altair*, No Sleep Records, 2008.

Page 103 : Pianos Become The Teeth, *Keep You*, Epitaph Records, 2014.

Page 114 : Pink Floyd, *Wish You Were Here*, Columbia Records, 1975.

Page 118 : Pianos Become The Teeth, *The Lack Long After*, Topshelf Records, 2011.

Page 126 : The Saddest Landscape, *You Will Not Survive*, Panic Records, 2010.

Pages 127-128-129-130 : More Than Life, *What's Left Of Me*, Holy Roar Records, 2014.

Page 132 : Strike Anywhere, *Punk Goes Acoustic*, Fearless Records, 2003.

Page 141 : Modern Life Is War, *Fever Hunting*, Deathwish Inc., 2013.

Page 148 : Touché Amoré, *Is Survived By*, Deathwish Inc., 2013.

Page 149 : Touché Amoré, *Parting The Sea Between Brightness And Me*, Deathwish Inc., 2011.

Page 160 : Citizen, *Everybody Is Going To Heaven*, Run For Cover Records, 2015.

Page 170 : Make Do And Mend, *Everything You Ever Loved*, Rise Records, 2012.

Page 184 : Water Canvas, *At Least EP*, self released, 2014.

Page 198 : Citizen, *Youth*, Run For Cover Records, 2013.

Page 200 : Birds In Row, *Cottbus EP*, Throatruiner Records, 2011.

Page 210 : Aviator, *Head In The Clouds, Hands In The Dirt*, No Sleep Records, 2014.

Page 213 : Woodkid, *The Golden Age*, Green United Music, 2013.

Page 221 : Rain, *Symphony Pains EP*, Close To Home Records, 2016.

Pages 226 & 259-260-261-262-263 : Verse, *Aggression*, Bridge Nine Records, 2008.

Page 227 : Basement, *Colourmeinkindness*, Run For Cover Records, 2012.

Page 233 : Thrice, *Vheissu*, Island Records, 2005.

Page 237 : Defeater, *Letters Home*, Bridge Nine Records, 2013.

Page 238 : Tim Vantol, *Road Sweet Road*, The Greatest Records, 2010.

Page 252 : The Flatliners, *Division Of Spoils*, Fat Wreck Chords, 2015.

Page 256 : RVIVR, *The Beauty Between*, YoYo Records, 2013.

***

Les traductions proposées au fil de ces pages,

sont le reflet fidèle de la compréhension

et parfois des interprétations de Régis (et Sandrine).

Elles espèrent rendre hommage au mieux

à la poésie de chacun des artistes sus-cités.

Remerciements.

Mes pensées et ma gratitude vont à

Chloé Traisnel et *Véronique Abraham*

pour leurs relectures attentives,

Laurent Fièvre pour la rencontre

artistique et son œuvre picturale,

Thomas Desmond pour le travail

de couverture, et *Caroline Le Bihan*

pour sa patience et son soutien.

http://laurentfievre.blogspot.fr

http://www.thomasdesmond.com

Printed by CreateSpace.

13724487R00156

Printed in Poland
by Amazon Fulfillment
Poland Sp. z o.o., Wrocław